蒼き太陽の詩（うた）1

アルヤ王国宮廷物語

日崎アユム

角川文庫
23656

目次

おもな登場人物

◆ソウェイル
アルヤ王国第一王子。
最も神に近いとされる、蒼い髪を持つ。
三年前のエスファーナ陥落の折、
ユングヴィと逃げ延び、一緒に暮らしている。
人見知りで気弱。

◆フェイフュー
アルヤ王国第二王子。
三年前に唯一助けられた王族。
ソウェイルの双子の弟。勝ち気で強気。

十神剣

中央六部隊

白将軍 テイムル
十神剣の代表者。
代々白将軍を務める貴族の出身。
近衛隊兼憲兵隊を統括する。

蒼将軍 ナーヒド
白将軍と同じく、
代々蒼将軍を務める貴族の出身。
中央軍管区守護隊隊長。

デザイン・地図作成／坂詰佳苗
イラスト／孝々

黒将軍 サヴァシュ

遊牧民チュルカ人の騎馬隊を取りまとめる。黒軍はアルヤ軍最大の戦力。

赤将軍 ユングヴィ

東部からエスファーナにやってきた孤児。赤軍は市街戦に最適化された部隊で、治安維持、暗殺など国の暗部の仕事を手掛ける。

杏将軍 ベルカナ

元踊り子。杏軍は女人のみで構成されており、軍隊の看護などを手掛ける。

紫将軍

現在は空席。紫軍は参謀及び情報統括部隊。

地方四部隊

黄将軍 バハル

西部の農民出身。東部軍管区守護隊隊長。

翠将軍 エルナーズ

元男娼。西部軍管区守護隊隊長。

橙将軍 カノ

九歳。南部軍管区守護隊隊長。

緑将軍 アフサリー

十神剣歴が一番長い。北部軍管区守護隊隊長。

アルヤ王国周辺地図

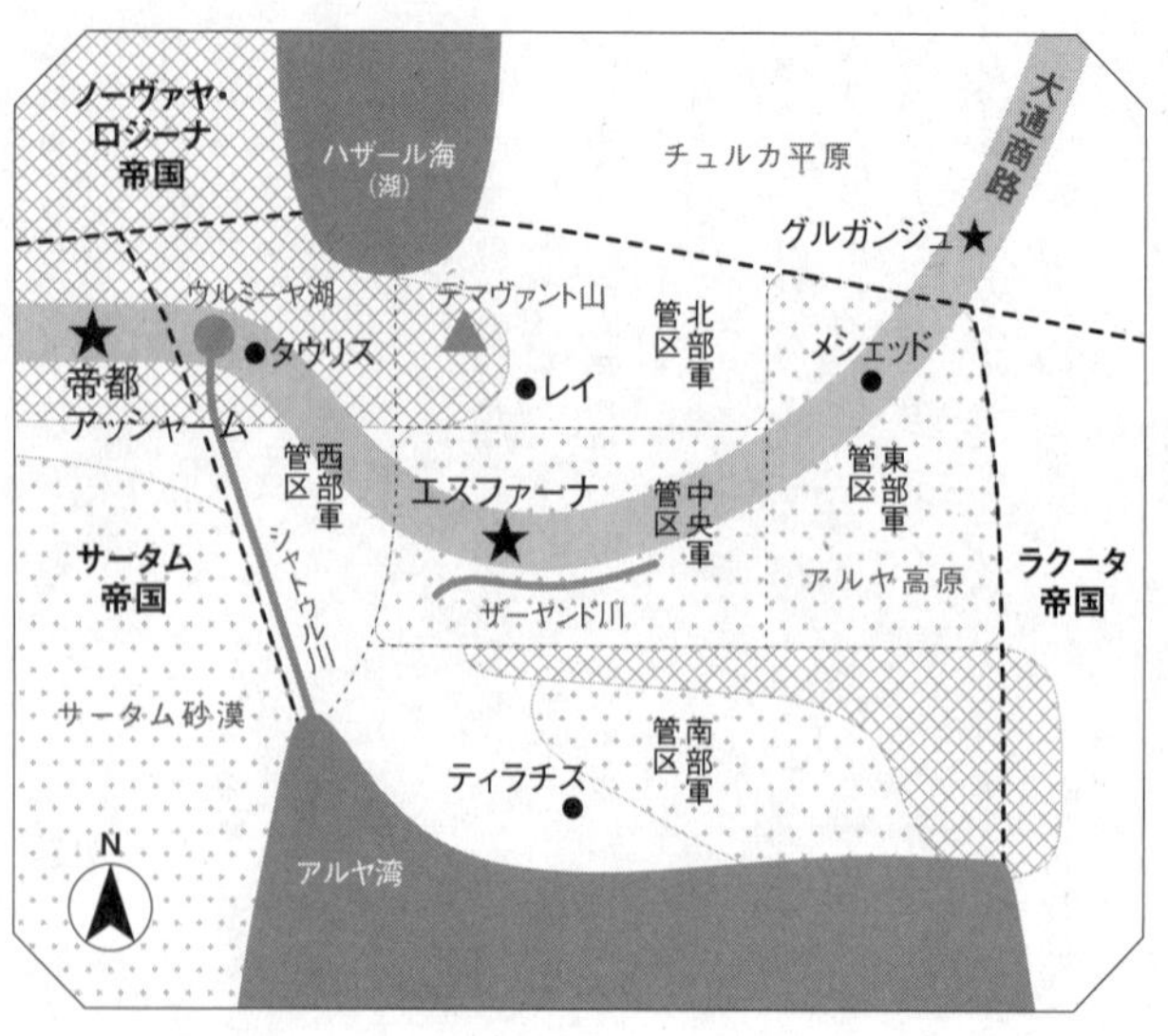

山岳地帯　砂漠地帯

第０章　紅蓮の女獅子と蒼き太陽

地下道は無音であった。闇の中、自分の息づかいだけが大きく反響しているように感じた。

もっと静かにしなければと思って、自分の口元を押さえる。

なかなか静まらない。むしろ苦しくなる一方だ。自分がどれほど動揺しているかを思い知らされる。

自分は、今、恐怖に衝き動かされて何も考えずに逃げている。

自分は逃げた。衝動的に戦場を捨てた――その事実がぐるぐると頭の中を回り続けた。

怖かった。

遠くへ逃げたかった。抱えているすべてのものを放り出してしまいたかった。

それだけの理由で、自分は、今、戦友たちを見捨て、部下たちを見捨て、務めを、誇りを、何もかもを捨てて、こんなところにいる。

突如右の爪先に痛みを覚えた。何かにつまずいた――そうと気づいた次の時には、前に倒れて体の前面すべてを地面に打ちつけていた。手をつくことさえできなかった。額や頬までこすれて、ユングヴィは無様な声を上げた。

倒れ込んでから、地面が湿気ていることに気づいた。それもそのはず、この地下道は地下の用水路に通じている。

ここは王都の下を縦横無尽に張り巡らされている地下水路の一角だ。乾燥したこのアルヤ王国でひとびとの生命線となっている地下水の井戸へつながる道だった。

王都の地下だ。

王都エスファーナの地上が敵兵に荒らされているというのに、自分は地下でひとり転んで呻いている。

「……うう……」

もがいた指先が石畳を引っ掻く。けれど湿気た石畳が金切り声を上げることはない。もしかしたら足音さえこの湿気が吸い込んでくれていたのかもしれなかった。地下道に逃げ込んだのは正解だったかもしれない。

何を考えているのかと、ユングヴィは自分で自分を叱った。

そもそも逃げたこと自体が間違いだ。

自分は、神剣を戴いた聖なる赤将軍という役職の立場にありながら、赤軍の副長以下兵士たちや、他の将軍たちや、誰より、何においても守らねばならないはずの国王陛下を見捨てて、地下道にひとり逃げ込んでしまった。

赤軍とは、この国の軍隊でもっとも市街戦に最適化された部隊だ。物陰から銃を撃ったり袋小路に敵兵を追い詰めたりするなど、住宅街で戦闘することを念頭に置いて訓練している。表立って華々しく戦うことはないため、普段は日陰の存在だった。

それが、今回は、この王都が戦場になってしまったため、最前線で戦っている。

赤軍が活動するのは王都陥落の危機の時だ。ユングヴィはそれをいまさら思い知った。

本当は、みんなを率いなければならない。本当は、強く勇ましく振る舞ってみんなを励まさなければならない。性別も年齢も関係ない。紅蓮の神剣を抜いたこの世で唯一の存在の自分が、先頭に立たなければならない。

だが、今はまだ、十六歳の女の子だ。

生まれて初めての戦争、生まれて初めての人殺し、何もかもが、ユングヴィにとっては重くて怖くてつらかった。

自分はとても弱い。

「…………うう……」

この国が、自分のせいで滅んでしまったら、どうしよう。

もう、お終(しま)いだ。

国がなくなって守るものがなくなったら、自分には、もう、何の価値もない。まして自分は逃亡してしまった。生き残ったところで、同じく生き残った同胞たちにどう詫(わ)びればいいのだろう。詫びたところでゆるしてもらえることではない。

そもそも、誰が生き残るのだろうか。

王都が、敵の手に、落ちるかもしれない。

王宮が――王族が――王が、敵の手に、落ちるかもしれない。

王から神剣を賜(たまわ)った自分が、その王を裏切って、自分の他に誰もいないこんなところにいる。

死のう、と思った。王が斃(たお)れては生きている意味もなく、王が生き延びても合わせる顔はない。

背に負っていた神剣の柄(つか)を左手で握った。留めていた革帯を緩めて柄を引いた。

ところがそこで、今までにない強い手応(てごた)えを感じた。途中で引けなくなってしまった。

ユングヴィは目を丸くした。

抜けない。神剣が、鞘(さや)から出てこない。

建国のおりに初代国王が神から授かったという伝説の剣が――持ち主を選び、選ばれた者にしか抜けないという剣が――今は選ばれたユングヴィにだけは抜けるはずの剣が、今に限って抜けない。

焦りが込み上げる。

どんなに引いても――起き上がってその場に座り込み鞘を体の前へ持ってきてむりやり引っ張っても、神剣は絶対に刃(やいば)を見せようとしなかった。

「えっ、なんで？」

先ほどまではこの剣で敵に相対していたはずだ。それなのに、なぜ、今になって急に抜けなくなってしまったのだろう。

「ちょっと、言うこと聞いて。お願い」

神剣に懇願する。

「こんな時に限って勘弁してよ。お願いだよ、最後の一仕事だから……！」

その時だった。

「誰だ」

女の声が響いた。

我に返って顔を上げた。

次の瞬間、あれほど粘っていた神剣が緩んだ気がした。剣が鞘から飛び出すように抜けた。紅蓮に輝く刃が真っ暗だったあたりを照らし出した。

目の前に誰かがいる。まばゆく光る紅の刃のきらめきが、目の前の誰かの顔を照らし出す。

「赤い御剣（みつるぎ）——」

女の白い顔が浮かんだ。

「そなた、まさか、ユングヴィか」

ユングヴィは急いで立ち上がり、背筋を伸ばした。

「王妃様！」

髪を覆い隠す絹の飾り布も、金銀に輝く首飾りや指輪もなかった。つい先日拝謁した時には美しかった顔の左目あたりが潰（つぶ）れて、赤黒く腫（は）れ上がっていた。顔を濡（ぬ）らす体液が宝飾品の代わりにてらてらと輝いていた。

それでもなお気丈で気品のある声は、紛れもなく、この国の第一王妃のものだった。

「そなた、何ゆえ、このようなところに」

ユングヴィは言葉に詰まった。王妃を前にして、逃げてきた、とは言えなかった。自分は彼女の夫に死ぬまで仕えると誓って神剣を抜いた身なのだ。

しかし王妃はユングヴィを責めなかった。むしろ、ほっとしたように息を吐いた。

「よかった」

「王妃様？」

王妃が膝からゆっくりくずおれた。

ユングヴィは神剣を松明の代わりに壁へ突き立てた。そして空いた手を王妃に向かって伸ばした。急いで抱きかかえる。

王妃の体に触れた瞬間手がぬめった。これも血かもしれない。きっと顔だけでなく体にも大怪我をしている。

「王妃様、お怪我を――」

抱きかかえてから気づいた。

王妃は何か大きな荷物を抱えている。王妃自身の体軀の三分の二くらいはありそうな大きさの荷物だ。黒い布に包まれていて中身が何なのかまではわからなかったが、よほど大事なものなのだろう、王妃の白い手は荷物を離すまいとしていた。

「サータムの兵士たちが宮殿に砲弾を放ちよった」

ユングヴィは蒼ざめた。

蒼く輝くモザイクタイルの宮殿、我らがアルヤ王国の象徴たる蒼宮殿が、敵兵の砲撃にあって破壊されている。戦場には近づかなかった王族までもが身の危険にさらされている。

あってはならないことだった。

王族のみんなを死なせてはならない。

「王妃様、すぐに逃げましょう」

ユングヴィは王妃を抱き上げようとした。将軍になってから二年このかた一心不乱に体を鍛えてきた自分であれば、彼女ひとりくらいは抱えて走れると思った。

だがいざ腕に力を込めると、王妃の体はなかなか持ち上がらなかった。体に力が入らないのか、ぐったりとしたまま動いてくれないのだ。人間を横抱きにするのにはこつがいる。この状態では思うような形で抱え上げられない。

「よい、よせ」

王妃が静かな声で言う。

「わらわはもう助かるまい」

ユングヴィは顔じゅうをゆがめた。

「何をおっしゃいます……！　今すぐに手当てを受ければ、あるいは、王妃様だったら――」

投降すれば、と言い掛けて口をつぐんだ。

ユングヴィが言わんとしていることを察したのか、王妃が自嘲的に笑んだ。

「わらわであったら――サータム帝国からアルヤ王国に嫁いできた、サータム帝国の皇女であったわらわなら、サータム兵たちも助けてくれるに違いない、と。ユングヴィは、そう考えるのか」

答えずに首をすくめたユングヴィを、王妃は叱らなかった。

「そなたは良い子だなえ」

王妃の頰を雫(しずく)が伝ったのが見て取れた。それは血液よりも滑らかに流れて服へ落ちていった。

王妃の左手が、荷物から離れ、ユングヴィの頭に向かって伸びる。ユングヴィのぼさぼさの赤毛を撫(な)でる。

「わらわは、本当は、反対したのだぞ」

「何に、ですか？」

「おなごに……、それも、年端も行かぬ乙女に、将軍をやらせるのなど。ましてゆく先はあの都のごろつきがわんさかいる赤軍ぞ。アルヤの将軍とは神剣を携えるだけのお飾りであるとわかってはいた。だがそうであったとしても軍属は軍属。陛下はなんとむごいことをと、ずっとずっと思っておったのだ。しかし、陛下は、おなごであるからこそ新時代を切り開いていくかもしれんと言って聞かなかった」

ユングヴィは目を丸くして口を開けた。まさか国王夫妻が自分のことをそんな風に考えてくれていたとは思わなかったのだ。

冷静に思い返せば、王も他の将軍たちより自分をひいきしてくれていた気がしないでもない。軍の宿舎ではなく蒼宮殿の敷地内に新しく小さな家を建てて賜ったほどだ。

女の子だから特別扱いしてくれたのである。気づかずになんとなく受け取っていた自分はなんと馬鹿だったのか。

その上で、女の子であっても軍属は軍属、それが王の意思だった。

自分は王の期待に応えられなかったのか――ますます自責の念が強まる。

思い返せば、王は最初のうち、将来はきっとどうにかなるだろう、今は何もしなくてもいいからただ赤将軍を名乗りなさい、と言ってくれていた。何をしたらいいかわからず右往左往していたユングヴィにとっては、救いだった。最初はただそこにいるだけでも、徐々に将軍らしさを身につけていこう、と決意した。努力をすればいつかは将軍らしくなるはずだった。

しかし、王妃のほうは、あの時点ですでにユングヴィがこうしてどんどん重責に振り回されるようになることを見通していた。

今になってみると、王妃のほうが正しかった。自分はお飾りの将軍のままだ。情けないことこの上ない。

王妃がこう続けた。

「だが、こうなった今振り返って考えると、陛下のご判断が正しかったのかもしれぬ」

「何が、どう？」

「そなたは良い子だ。陛下にもよく尽くしてくれたなえ」

王妃は断言した。

「他のどの将軍よりも信頼できる」

そんなことを言われたのは、生まれて初めてだった。

誰にも期待されたことのない自分を、今でもまだお飾りの将軍に過ぎない自分を、彼女は信頼できると言ってくれた。

ユングヴィは、初めて、自分が何のために将軍になったのかを知ったような気がした。

「だから、そなたに託すぞ」

王妃は、それまで大事に抱えていた荷物を、ユングヴィに押しつけた。

受け取ってから、気がついた。

人間だ。人間の子供だ。人間の子供を、大きな布で包んでいる。

温かい。生きている。

「この子さえ……、この子さえ、生きて、いれば。アルヤ王国は、死なぬ」

その一言で、ユングヴィは察した。

第一王子だ。次の神となる――今の王よりなお神に近いとされている、何よりも尊い存在だ。

「ユングヴィ、頼む」

「王妃様、そんな――」

「そなたが。そなたが、この子を、守っておくれ。いずれ来るその日まで、そなたがこの子を見ていておくれ」

ユングヴィがその子を抱えたのを見てから、王妃は、目を細め、震える手でユングヴィの頬を撫でた。

「嫁入り前のそなたに、まだ分別のない子供を預けるなど、酷な話かもしれぬが。わらわは、そなたであれば、この子を正しく導いてくれると信じられる」

次に、ユングヴィの手首を、強い力でつかんだ。

「頼むぞユングヴィ。その子さえ生きていればアルヤ王国は死なぬ。わらわなどここに捨て置け、その子だけ連れてどこかへ逃げるのだ」

「王妃様……！　ですが――」

「よいのだ」

ユングヴィは懇願するように言った。

「王妃様もお連れします」

だが、頭ではわかっていた。

王妃の怪我は広範囲にわたっているようだ。自分も疲れている。もし預けられた子供が本当に第一王子なら、今すでに六歳になっているはずだ。いくら鍛えているといっても、ひとりで二人を抱えて走ることはできない。まして地上は戦火に包まれていて、どこに逃げれば安全かわからなかった。

それでも、嫌だった。

「王妃様も、一緒にお連れしますから……！」

「ユングヴィ」

初めて神剣を抜いてしまった十四の時から十六になる今日まで、二年間ずっと見守ってくれていたのは、国王とこの王妃だったのだ。

「聞き分けよ」

王妃が、厳しい語調で告げた。

「これは命令だ」

涙が滲んだ。

「行け、ユングヴィ」

視界がゆがんだ。

「そなたはその子を死守せよ。何もかもを捨て置いて、その子を守り抜き、その子とともに生き延びることだけを考えるのだ」

「……う」

「泣くでない。言うことを聞きなさい」

たしなめる声が優しい。

「そなたがその子を守り切れるか否かが、この国を左右するのだ。そう、心得よ」

手の甲で頬の涙を拭(ぬぐ)った。

それが、二年間世話になった王妃の、最後の願いなのだ。それを叶(かな)えられるのは、今ここにいる自分だけなのだ。

壁に突き立てていた神剣を引き抜いた。

鞘(さや)に納めると光が消えて王妃の顔が見えなくなった。

暗い地下道に声だけが響いた。

「神剣も。そなたと、その子の、ためにある。それを、ゆめゆめ、忘れることのなきよう」

ユングヴィは一度ひざまずいた。

「申し訳ございません……！　ユングヴィは……、ユングヴィは、王妃様をお助けせず――」

歯を食いしばり、立ち上がる。

「ただただ、逃げることにします……！」

幼子を、抱き上げた。この子ひとりであれば軽い。

走れる。

王妃に背を向けて走り出した。涙はあふれて止まらなかったが振り切った。

この国の未来を託されたのだ。

「頼んだぞ、ユングヴィ」

倒れる音が、かすかに響いた。

「生きよ、ユングヴィ。——生きよ、ソウェイル——」

ユングヴィはもともと路上生活を送る孤児だった。寒い冬は地下水路に潜って暮らしていた。だから今も王都の地下に蜘蛛の巣状に張り巡らされた道をそらで歩ける。

王妃に別れを告げたユングヴィが地上に顔を出した時、あたりはすでに静まり返っていた。まるで王都全体が死んでしまったかのようだった。

住宅街の一角に出たというのに、住民の姿がまったく見えない。みんな避難したのだろうか。そうであってほしい。屋根や壁が破壊され、物品が道路に散乱し、時折炎の爆ぜる音だけが聞こえてくる現状の街に、人が残されているとは思いたくない。

それに、ひとけがないのは、今に限っては好都合だ。

抱えてきた荷物を一度地面に置く。

布を剝ぐのはまだ早い。絶対に敵兵のいる可能性がないところまで行かなければ危険だ。

まだ立ち止まってはだめだ。

爪先(つまさき)立ちで、家々の屋根の向こう側に見えるはずの蒼宮殿を探した。

蒼宮殿はアルヤ王国の象徴だ。蒼(あお)と白と金のタイルで組み上げられた玉ねぎ形の丸屋根の巨大な正堂、同じくタイルで覆われた数え切れないほどの部屋を有するいくつかの建物、それら全体を囲む壁、そして壁から突き出すように立っているやはり玉ねぎ形の丸屋根のついた四本の塔は、アルヤ王国そのものである王の住まいにふさわしい。

アルヤ王国における王は絶対不可侵の存在だ。神の子孫であり、神の化身とされている。そして、この国をあまねく照らす太陽である。王とは、夏には苛烈(かれつ)な熱で人々を罰し冬には朗らかな日差しで人々を和ませる、太陽そのものだ。

そんな王の眷属(けんぞく)たちが祀(まつ)られている神殿の本宮が蒼宮殿だ。つまり、アルヤ人にとってもっとも神聖な建物だ。

皮肉にも、家々の屋根が破壊されていたために遠くまでよく見えた。

ユングヴィは絶句した。

蒼宮殿の四本の塔のうち、みっつの屋根に穴が開いている。タイルは崩れ、内部に敷かれた色とりどりの絨毯(じゅうたん)が露出している。

王国軍は蒼宮殿を守りきれなかったのか。

もっと近くで様子を見たかった。ここからでは蒼宮殿周辺の詳細が見えない。

幸いにも、砲撃はすでに止んでいるようだった。これ以上の破壊がなされる雰囲気ではなかった。

むしろ、背筋が寒くなるほど、静かだった。

ひとりで首を横に振った。

そんなはずはないだろう。他の将軍たちは戦い続けているはずだ。他の将軍たちは誰ひとりとして王や蒼宮殿や王都を放って逃げ出すような卑怯者ではない。ユングヴィとは違って、である。

今の自分には、王妃に託された御子を守るという大事な務めがある。ただ逃げ惑っているわけではない。そう、自分に言い聞かせた。

いずれにせよずっと住宅街の一角でやり過ごしているわけにはいかない。ここは住民たちが自由に出入りできる場所だ。その住民たちがいない以上、敵兵が自由に探索できる。どこかに隠れる必要がある。

敵兵が自由に探索できないところ、と思って、ユングヴィは唾を飲み込んだ。

蒼宮殿に潜伏するほうがかえって安全ではないか。なぜなら宮殿には近衛兵や国境から転戦してきた他の部隊が立てこもっているはずだからだ。他の部隊、他の将軍たちに守られている宮殿の中だったら、敵兵も簡単に入ってこられないのではないか。

宮殿の中に行こうと、ユングヴィは決意した。塔に穴が開いているが、正堂の中には味方になってくれる人が残っているはずだ。

残っていなければ、それはすなわちアルヤ王国軍の全滅を意味した。そうなれば自分たちは王都どころかアルヤ王国から出ていかなければなるまい。

この目で見て確かめなければならなかった。

腕が疲れで痺(しび)れて感覚がなくなっている。

それでも、ユングヴィは荷物を強く抱き締め続けた。そうすると布に包まれたままの王子の温(ぬく)もりを感じられたからだ。

生きている。

王妃が薬物を飲ませて眠らせたのだろうか、王子は身じろぎひとつしなかった。ユングヴィにされるがまま声ひとつ上げない。ユングヴィの頭の中に何度か万が一のことが過(よ)ぎっていったが、温もりや柔らかさが失われている感じはないし、布に体液が染み出ている感じもない。それに今は起きないでいてくれるほうが助かる。

ユングヴィが蒼宮殿の敷地の片隅にある自宅に戻った時もなお、あたりは静かだった。

扉は壊されていた。

すでに敵兵が荒らしていった後のようだ。念のため神剣を抜いて片手に構えたが、覚悟を決めて突入しても、誰とも遭遇しなかった。ただ、屋内の幕という幕が破られ、衣服や日用品が床に散乱している。

寝室にたどりついた瞬間、ユングヴィは膝からくずおれた。緊張の糸が切れたのだ。もしかしたらまた誰かが戻ってくるかもしれない、とも、思わなかったわけではない。けれどこれ以上ユングヴィにはどうすることもできない。その時はその時だ。

頭が働かなかった。

なぜ、人の姿がないのか。なぜ、人の声がないのか。

考えられない。

まず、ずっと腕に抱えていた荷物を、敷布の引き剝がされている寝台の上に置いた。

次に、神剣を鞘に納めて壁へ立てかけた。

それから、体を守っていた甲冑を脱ぎ、床に放り投げた。

足を引きずるようにして姿見へ向かう。この家ができた時に王妃が年頃の娘には必要だからと言って与えてくれた鏡だった。

鏡の部分は叩き割られて蜘蛛の巣状のひびが入っている。上部に装飾としてはめ込まれていた宝玉は抜き取られている。

ひび割れた鏡に、ユングヴィの姿が屈折して映った。

まったく気づいていなかった。自分も血みどろだった。いつ怪我をしたのだろう。甲冑のなかった部分のほとんどが傷ついている。左肩は裂けて今なお血が流れ出ているし、右の二の腕は折れた矢が突き刺さったままだった。足も、爪が割れているに違いない、爪先が両方とも真っ赤だ。

笑ってしまうほど、敗残兵だった。

転んだ時にこすったのだろうか、右頬のみならず右耳まで擦り切れていて、右側頭部は砂ぼこりにまみれている。

震える手で服を脱ぎ、下着姿になる。

この二年間がむしゃらに鍛え続けてきた筋骨はたくましく、肩も首も筋張っていた。腕や脚に無数の傷痕（きずあと）がある。頬や手は日焼けして荒れている。散切り（ざんぎ）頭だった赤毛は、戦の間には落ち着いて切ることができなかったために少し伸びて頬にかかっていた。

服の隙間から小刀を取り出し、自らの右腕に突き立てた。肉を割り開いて矢を取り出す。強烈な刺激に痛みを思い出した。けれど矢じりごときれいに矢が抜けた。これで腕を切り落とさねばならなくなる事態は避けられる。

体に傷痕が増えそうだ。

もう、いまさらか。

鏡に触れる。

その手にも、剣の柄を握り続けていたためにたこやまめができていて、短く切られた爪は割れていた。

その場に座り込む。

左手の先で、赤毛を軽く引っ張った。

同い年の少女たちは、髪を長く伸ばして、飾り布で頭を覆っている。

自分の容姿は少年兵そのものだ。

「もう、お嫁には、行けないなあ」

口に出した瞬間涙がこぼれた。

疲れているのだろう。もう寝よう。

寝台に身を投げようとして、思い出した。

大事な大事な荷物が、寝台の上に放られている。

慌てて手を伸ばした。今度こそ黒い布を剥ごうとした。

布の端は固く結わかれていて、なかなかほどけなかった。

なんとか黒い布を剥いだら、今度は中から王妃の衣装と思われる刺繍の美しい絹の布が次々と出てきた。これでは窒息してしまうではないか。

最後の最後、白い布を剥いだ時、ユングヴィは硬直した。

わかっていたつもりではいた。王妃があのような言い方をするということは、中に入っているのが何者であるのか、わかってはいたはずだった。

本当の意味では、わかっていなかった。本当に理解していたらこんな扱いをすることなどできなかっただろう。

それは、アルヤ人の本能に刻み込まれている色だった。

神聖な色だった。

太陽の色だった。

太陽と同じ蒼（あお）い色をした髪の子供が、姿を現した。

畏（おそ）れのあまり、ユングヴィは手を離した。

蒼い髪の御子――『蒼き太陽』だ。髪の蒼くない今の王よりなお尊く、神に近いとされる存在だ。

『蒼き太陽』が地上に遣わされた時、アルヤ王国は太陽に繁栄を約束される。『蒼き太陽』がある限りアルヤ王国は滅びない。

ユングヴィは、その場に膝を折ったまま、動けなくなった。

目の前に――自分の家の中、自分の寝台の上に、『蒼き太陽』がいる。

図ったかのようにそのまぶたが動いた。何度か引きつれを起こしたのち、徐々に持ち上がった。

やはり、蒼だった。

瞳の色もまた、王族特有の、太陽と同じ蒼い色をしていた。

「──……、ここはどこだ」

薄紅色の、形の良い唇が動いた。

ユングヴィは動揺した。どうしたらいいのかわからなかった。だが『蒼き太陽』がお求めだというのに沈黙を続けるわけにもいかない。

「私の家です」

『蒼き太陽』が、寝台の上に手をついて、上半身を起こした。

太陽と呼ばれているにもかかわらず、実際に日の光を見たことはないのではないかと思うほど白い手や頰をしている。大きな二重の目も相まって、ともすれば女児に見えそうだった。

「おまえのいえ？」

不思議な呪文を唱えるような声音で、『蒼き太陽』が言う。

「はい、あの──」

「キュウデンではないのか」

ユングヴィは言葉に詰まった。何と言うべきか言葉を探した。

そんなユングヴィの反応から、察したらしい。

「ああ。母上が、キュウデンはもうあぶないからと言っていた」

彼は自分で言いながら表情を曇らせた。

眉尻を垂れ、長い下睫毛に透明な雫を宿らせたその顔は、いとけなく、いじらしい。

「母上は……？　母上は、ばあやは、ほかの女官たちは……？　みんな、どこへ……？」

不安げな声は六歳の幼子そのものだった。

「だいじょうぶです」

たまらなくなって抱き締めた。

神聖な王族は、それも次の王であり神の子である『蒼き太陽』は、軽々しく触れていいものではない。

そうとわかっているはずなのに、ユングヴィは、どうしても、抱き締めなければならない気がした。

六歳の子供だ。まだ小さい子供なのだ。

この子は、『蒼き太陽』である前に、ユングヴィが抱えてくることができたほど小さな幼子だ。

安心させてあげたい。

「このユングヴィがおそばにいますから、怖いことは何にもありませんからね」

ユングヴィを抱き返し、ユングヴィの胸に頭を預けて、『蒼き太陽』が「そうか」

と呟く。

「おまえがユングヴィなのだな。父上や母上から聞いたことがあるぞ。今の十神剣にわかいおなごが入ったと。きっと長きにわたってわたしのそばにつかえてくれるはずだと」

地下水路での王妃の言葉を思い出した。彼女はユングヴィを信頼できると言ってくれた。国王夫妻はきっとユングヴィが知らないところでも『蒼き太陽』に信頼に足る人間だと説明してくれていたのだ。

何にもできないはずのユングヴィに、期待してくれている。

きっと自分は今日のために将軍になったに違いない、とユングヴィは思った。それくらい自分は神の一族である王家の方々に信頼されていたのだ。自分は神に選ばれ神に仕える星のもとに生まれたのだ。

期待に応えたい。

ユングヴィは「はい」と頷いた。

「王妃様に——お母上様に、あなた様をお守りするようにと言われて、ここまで連れてきました」

『蒼き太陽』は安心したのか小さく笑った。

「よかった、ユングヴィがいてくれて」

その言葉で何もかも報われた気持ちになる。

「わたしの名はソウェイルだ。キュウデンの外に出たことがまだ一度もないから、民はだれもしらないかもしれないけれど」

「知ってます、殿下」

『蒼き太陽』――ソウェイルが、弾かれたように顔を上げた。

「なぜ？『あおきたいよう』はダイジだから、キュウデンでかくしてそだてるのだと母上が言っていたのに」

「民はみんな今の国王陛下の次に『蒼き太陽』がいることを知ってますよ」

ユングヴィは、それでもソウェイルを離さずに告げた。

「誰よりも大事な方。お姿は見えなくても、みんな殿下の存在を信じて戦ってきたんです」

ソウェイルが「たたかって」の部分を繰り返した。

「そうだ、ユングヴィ、とてもたくさんケガをしている。いたくないのか？　だいじょうぶか……？」

こんなに尊い色をした太陽であっても、お飾りの無力な将軍である自分を、心配してくれる。

ユングヴィは泣いた。

「だいじょうぶです」

神聖な太陽にも人を思いやる心がある。

ユングヴィを大切に扱ってくれる。

「だいじょうぶですからね……」

応えなければならない。

守らなければならない。


「なあなあユングヴィ、おなかすいた。ごはんまだ？」

「こら、ソウェイル！　食事用の敷き物の上には乗らないでって言ったでしょ！」

「おれ、今日はレンズ豆の汁物（アーシュ）がいいなあ。肉の炊き込み飯（ポロウ）はいらない」

「好き嫌いはしないの！　何なのあんたは、うちに来たばっかりの頃はもっとお上品だったのにいつからそんな口を――」

「ユングヴィのせいだ。ユングヴィといるとちゃんとしなくてもいいんだもん、すごく楽なんだもん。おれ、このまま、ずーっと、ずーっとこうして、ユングヴィと、民とおんなじ暮らしをしていたいなあ」

「……、なんだかなぁ。ソウェイルはいつかは次の王様になるんだよ。ソウェイルが次の王様にならなきゃアルヤの民は暗いままなんだ――と思うんだけど、まあ……、今はまだ、いいかな……」

第１章　日輪の御子と蒼き太陽

旧アルヤ王国、現サータム帝国アルヤ属州の首都エスファーナが最後に戦場となった通称エスファーナ陥落から数えて、はや三年の歳月が流れた。

「くそっ」

蒼宮殿(そうきゅうでん)――現在は正式名称をアルヤ総督府と改めた建物の長い回廊を、二人の青年が歩いている。二人とも旧アルヤ王国の武官の正装をし、鞘(さや)や柄(つか)に数々の宝玉が埋め込まれた大剣を腰に携えていた。

「ウマルの奴、上からものを言いよって！」

一人は、アルヤ王族の象徴であった蒼(あお)い色のベストをまとっている。後頭部でひとつにくくられた黒髪は毛先が肩につく程度、端整な顔立ちは女性的と言っても過言ではなかったが、背はもう一人より高く、筋骨たくましい肩や胸にも厚みがあった。

「帝国の狗(いぬ)に狗として飼われるなど、こんな屈辱があるか。我々が逆らえないのをいいことに言いたい放題しよる」

みいろ色をしている。

「ナーヒド、落ち着いて」

もう一人は、真っ白な生地に銀糸の刺繍(ししゅう)のなされた衣装をまとっている。大きな瞳(ひとみ)は年齢のわりに幼く、つるんでいる相方よりも少し背が低い分実際より小柄に見えてしまうせいでたまに少年と間違われるが、今年二十三歳になった。散切り頭ははしばみ色をしている。

「声が大きいよ、周りに聞こえている」

「聞こえるように言っているのだ」

黒髪の青年――ナーヒドが、振り返った。

「お前は悔しくないのかテイムル」

そして、隣を歩くはしばみ色の髪の青年――テイムルに訴えた。

「我々は太陽に仕える軍神だぞ!? それが総督だか何だか知らんがサータムくんだりからのこのこやってきた男に膝(ひざ)をついて許しを請わねばならんこの有り様!」

自分の髪を掻(か)きむしる。髪を結っている紐(ひも)が緩んでずり下がった。

「もういまさらじゃないか。何度も言っているけれどね、僕はアルヤという名前が残っただけよかったと思っているんだよ。税金さえ納めることができれば、民衆は帝国と同じ法の下で暮らせる。アルヤ語も王国だった頃と同じように使えるし、無理な改宗もしなくて済んだ。これ以上何を望むというの」

「弱気すぎる！」

「僕たちは負けたんだよ。民衆も太陽も守りきれなかったんだ。この事実はどれだけ嘆いても動かしようがない」

　ティムルがぼそぼそと呟くように言う。

「アルヤ属州の民衆を守るためには、僕たち将軍が積極的に膝を折らなければ」

　しかしそれはナーヒドに語り聞かせるためのものではない。ティムルが自分自身に言い聞かせているのだ。

「ねえ、エスファーナの守護神、蒼将軍ナーヒド。中央軍管区の隊長として、胸を張ってやれることがまだあるんでしょう。僕もね、これでも一応まだ諦めたつもりじゃないんだ。近衛隊の隊長として、太陽がお戻りになるまでの間にできることを探しているつもりなんだよ。総督に頭を下げることもそれの一環なんだとしたら、僕はすすんでやるよ」

　ナーヒドは眉間のしわを深くした。

「俺はお前のそういうところが嫌なのだ」

「そういうところ？　どういうところ？」

「太陽を失って一番つらいのはお前だろう、白将軍」

　ティムルはうつむいた。

「怒りたかったら怒れ。泣きたかったら泣け。守るべき王のない近衛隊など何のためにあるのだと、少なくともお前ら帝国の要人警護のためにあるわけではないのだと、ウマルに言ってやったらよかったのだ」

「だから、それをナーヒドが言ったらだめだよ」

「お前が言わないから代わりに言ってやっている」

テイムルの声は震えているが、ナーヒドは開き直っていた。

「戦うことより、うまくやることを考えなければ」

「そうだな。サータムの蛮族どものせいで二目と見られない姿になったエスファーナの再建に尽力しなければならん」

実際にはナーヒドが言うほどエスファーナは破壊され尽くしたわけではない。家屋の倒壊は帝国軍が砲撃を行った部分のみにとどまり、古くからの市場などは終戦後すぐそのままの状態で営業を再開した。

アルヤ属州に派遣されている総督ウマルいわく、サータム帝国はもともとアルヤ王国の滅亡ではなく占領を目的としていた。したがってサータム兵はアルヤの民衆をさほど殺さなかった。エスファーナも、亡命した貴族の邸宅の半分は帝国から派遣される官僚たちに再利用されており、かつての面影を失ってはいない。むしろ、帝国に一度納めた税金が倒壊した家屋の修繕費として返ってきている感覚すらある。戦費や賠償金は痛かったが、帝国からの借入金でからくも経済破綻をまぬがれていた。

かの大帝国サータムがアルヤ王国を欲していたのだ。アルヤ王国が豊かであったという証だ――アルヤの民衆は口々にそう言っては互いを慰め合っている。

「そのためには、サータム人だって何だって、首を垂れないとさ。売れるものは何でも売って、生活費を確保しないと」

アルヤ高原は大陸の中央部に位置している。基本的には乾燥した砂漠だが、北部には雪が積もる山と湖があり、オアシスも各地に点在していて、水源は豊富だ。西側で国境を接している熱砂の国のサータム帝国に比べると、段違いに水がある。特に首都エスファーナには川が流れていて、周辺各国からは砂漠に咲く一輪の薔薇と称されていた。

今から約二千年前、北方から南下してきたアルヤ民族が、この豊かな水源に目をつけていくつかのオアシスに定住した。オアシス都市はゆっくり大きくなり、やがてアルヤ帝国というひとつの大きな国を興すに至った。

しかしある時西方から砂漠でらくだを飼って暮らしていたはずのサータム人がやってきた。彼らは唯一絶対の神を信仰する敬虔な民族で、同じ神を奉ずる同胞を養うための豊かな土地を探して、東方のアルヤ高原に進撃してきた。そして、神の使徒によって統率され強大になった軍事力で、アルヤ帝国を滅ぼした。以来、西のサータム人と東のアルヤ人は数百年にわたる攻防を繰り広げ、倒したり倒されたりを繰り返している。

二百年ほど前、『蒼き太陽』を名乗る蒼い髪の青年が興した最新のアルヤ王国は、三年前にサータム人に奪われてしまった。その際、先祖返りをして蒼い髪に生まれたために新たな『蒼き太陽』と呼ばれた王子は、ゆくえ知れずになった。二百年の歴史は途絶え、今は何度目かのサータム人の天下である。

ナーヒドは溜息をついた。

「お前、変わったな」

「変わるよ。僕はすっかり何をしたらいいのかわからなくなってしまったから」

テイムルが責めるような口ぶりで話を続ける。

「それこそナーヒドの言うとおりだよ」

「何がだ」

「僕は本当は今でもまだ『蒼き太陽』に殉じることを望んでいるんだ。でも頭のどこかにはもしかしたらそれはもう三年前に生き別れた時点で叶わなくなったのかもしれないという考えも浮かんできているらしい。目の前で殺される夢を見て夜中に目が覚める晩もある。僕の『蒼き太陽』はどこにいらっしゃるんだろう、もうどこにもいらっしゃらないんだろうか、不安で不安でたまらない」

「それは――」

蒼白(あおじろ)い顔をしたテイムルから顔を背ける。

「もう言うな」

だがテイムルは吐き出すように続けた。

「僕は、十神剣(じゅっしんけん)の長として、『蒼き太陽』がお戻りになった時にもろもろのことが円滑に進むよう戦後処理をする務めがある、と思っていた。だから、とりあえず生きてウマル総督に頭を下げる仕事をしている。けれど今回、ウマル総督とこういう話になった。『蒼き太陽』をお探しするのは、そろそろやめたほうがいいのかもしれない。僕が次にすべきは家財を処分して辞世の詩を詠むことなのかもなあ」

「生きろ、馬鹿が」

アルヤ王国には十人の将軍がいる。ひとはその十人をひとまとめにして十神剣と呼ぶ。将軍が、神剣と呼ばれる聖なる御剣(みつるぎ)を抜いた者のことを指すためだ。十本の神剣がそれぞれに自らの持ち主を選び神と成(な)す。

十神剣はすなわち軍神とも呼ばれる。

謂(いわ)れは、さかのぼること二百年前、初代『蒼き太陽』がどこからともなくアルヤ高原に現れ、北の山の女神からこの十本の剣を授かったことから始まる。初代『蒼き太陽』は十人の仲間を連れていて、女神はその全員に自ら生み出した剣を手渡した。その伝説が今なお生きていて、十神剣は現代にも実際に存在する。

十神剣は基本的に世襲のものではない。アルヤ人であることすら必要な条件ではない。神剣が抜ける者、条件はたったそれだけだ。

しかしうち二本、蒼の剣と白の剣だけは代々特定の家の跡取りだけが抜ける。前者がナーヒドの家であり、後者がティムルの家だ。二つの家は互いに支え合い補い合って血脈を保ってきた。今代も、ナーヒドの母親とティムルの母親が姉妹であり、二人は従兄弟（いとこ）同士に当たる。

十神剣は軍神であり軍人ではない。正確には、現人神（あらひとがみ）であった王と司祭たちの間に位置する存在であり、神官だ。だが、建国の物語が十神剣の始祖たちをそれぞれの部隊の隊長であったと伝えているため、神剣を抜いた者は形式的に旧王国軍の十の部隊の隊長として就任することになっていた。

軍に籍を置く身となるとわかっている以上は、軍神として軍人たちの規範となるべきである。

ナーヒドは中央軍管区守護隊、通称蒼（そう）軍の隊長になるべく、ティムルは近衛隊兼憲兵隊、通称白（しろ）軍の隊長になるべく、幼少の頃から文武両道に抜きん出るよう人一倍厳しい訓練に耐えてきた。それぞれの父親である先の将軍たちも、自らの長男がやがて自分たち亡き後に将軍になるものと見て、物心がつく前から自らを律するようきつく言い聞かせ、時として血を見てでも指導してきた。

だが、実際に二人が将軍に就任したのは、三年前、アルヤ王国敗戦の後のことである。二人の父親が王族に殉じてしまったためだ。

「そういう話ならやめろ。お前が嫌な思いをするだけだろう」

「うん。そうだね。むなしくなる一方だ」

蒼い鍾乳石飾り(ムカルナス)の穹窿(きゅうりゅう)が続く長い回廊を進む。

右手には宮殿の中庭、今なお美しい国内最大級のアルヤ式庭園がある。

九つの噴水から東西南北に水路が流れている。水路に区切られた空間には木が植えられており、葉を青々と茂らせていた。

しかし今のティムルとナーヒドには庭園を眺める心のゆとりはない。早足で通りすぎる。

かつては王とその家族である王族が暮らしていた、今は総督が一人で占有している北の区画を出て、南の区画、正堂の中央へ向かった。正堂の正面、宮殿全体から見てももっとも南端に歩いていく。目指すは宮殿の正面玄関だ。

広大な玄関広間もまた大きな円天井で覆われている。円天井には装飾として聖典の文句を意味するアルヤ語の文字列がタイルの組み合わせで表現されていた。吊(つ)り下げられている燭台(しょくだい)の照明も豪奢(ごうしゃ)な硝子(ガラス)製だ。

その照明の下に、蒼い武官の制服を着た青年たちが数人輪を描くようにして立っていた。

「――諦めるにはまだ早い」

ナーヒドが力強い声音で言う。

「この国の太陽はいずれまた昇る。たとえ『蒼き太陽』がいらっしゃらずとも、アルヤには別の色の太陽がまだ存在する」

軍神と仰ぐ隊長が戻ってきたことに気づくと、青年たちは一斉に二人のほうを向き、静かにひざまずいた。

彼らがひざまずいたことによって、中心にいたその存在が姿を現した。

その体軀は兵士たちに埋もれてしまうほど小柄――というより幼かったが、陰から出た途端その存在感の大きさを玄関広間にいる全員に見せつけた。

柔らかで滑らかなまっすぐの髪は、アルヤ人では珍しい黄金をしている。太陽から放たれる光をその身に宿したかのようだ。

幼い顔いっぱいで表現した笑みも自信に満ちあふれ堂々として見える。まるで彼こそこの国の太陽なのだと思い込ませる輝き方だ。

彼の大きな瞳がナーヒドを捉えた。

その瞳の色は神聖な蒼だ。

アルヤ民族の太陽の色だ。見る者にこの瞳の放つ光が日輪となって彼の金の髪を紡いだのかと思わせるほど、深くも淡い、しかし、揺らぎのない蒼だった。

「ナーヒド！」

兵士たちを乗り越え、彼が小走りで寄ってくる。ナーヒドもまた歩み寄る。

互いに、手を、伸ばし合う。

ナーヒドはその場に膝をついた。

小さな手がナーヒドの肩をつかみ、大きな手が日輪の御子の背へ回った。

二人が触れ合うと、日輪の御子が嬉しそうに笑った。

「お待たせ致した、フェイフュー殿下」

日輪の御子――フェイフューは、ナーヒドの首に腕を回した。

「おかえりなさい」

蒼い瞳は、王族の証だ。

『蒼き太陽』ソウェイル第一王子は失ったが、太陽の血を引く者として、第二王子フェイフューがまだ生きてここにいる。

「ナーヒドがウマルのきげんを損ねていたらどうしましょうと、たくさんたくさん心配していました」

「なんと。そのようなこと、殿下がご心配召されることではない」

フェイフューはまた、明るい声で笑った。

「ナーヒドが守ってくれるからぼくはここにいるのですよ。あまり軽はずみなことはしないでください」

まだ九つの王子に言われて、ナーヒドが言葉を詰まらせる。テイムルが苦笑する。

「フェイフュー殿下は何もかもお見通しだ」

第二王子フェイフュー——三年前のエスファーナ陥落で太陽の首級が挙がり誰もが絶望したその時、蒼軍と白軍が総力をかけて探し出した、最後の太陽の御子だった。先王の五人いた子供たちの中でたった一人だけ救出に成功した、そして、ナーヒドの父親が自身の首と引き換えに命乞いをした、今や唯一となったアルヤ王国の後継者だ。

「フェイフュー殿下」

テイムルがフェイフューに呼びかける。フェイフューが明るく「はい」と応じる。

「ここにいて帝国の誰かに声を掛けられたりはしませんでしたか」

「大丈夫です、蒼軍のみなさんがずっと見ていてくださいましたから」

「ここにいらっしゃるまでは？　ナーヒドはうるさくありませんでしたか。今日宮殿に上がるに際していろいろ申し上げたでしょう」

フェイフューはなおも明るい声で「はい」と答えた。ナーヒドが眉間にしわを寄せた。

「でも仕方がないですね、今のぼくの仕事はナーヒドの話を聞いてあげることですから。ナーヒドはあなたのほかに友達がありませんからね」

その様子を見ていたテイムルが笑った。ナーヒドが「笑うところではない」と威嚇するような声を絞り出した。

ナーヒドが体を離すとすぐ、フェイフューはまっすぐ立った。

テイムルもまたナーヒドに続いてひざまずいた。

「ウマルと話をしてまいった」

フェイフューが「どうでしたか？」と問うてきた。ナーヒドは声の調子を一切落とすことなく、広間にいる誰もが聞こえるような声音で言った。

「王家の再興を約束した」

フェイフューがその蒼（あお）い瞳に強い輝きを燈（とも）した。

「フェイフュー殿下がご成人のあかつきには、殿下がアルヤ王として即位なさることをウマルが了承した。アルヤの民をふたたびまとめるためには、太陽は——アルヤの民の神は必要なものである、とウマル自身が言った」

それを聞いた途端、フェイフューの顔から笑みが失われた。

「そうですか」

声の調子も落ちた。

「ぼくが、ですか」

ナーヒドとテイムルは顔を見合わせた。

「兄さまではなく」

フェイフューが冷たい目で続ける。

「『蒼き太陽』がいらっしゃいますのに。ソウェイル兄さまがいらっしゃいますのに、ぼくが王になるなど、おかしいと思うのですが」

ナーヒドがふたたび腕を伸ばしてフェイフューの肩をつかんだ。

「何度申し上げたらご理解いただけるのだ。ソウェイル殿下はもうお隠れになった。この世で唯一太陽と呼ばれるべきは貴方様なのだ」

しかしこの少年はナーヒドが少し強く言ったくらいでは聞かない。彼はテイムルのほうを見て「ねえ」と声を掛けた。

「お立ちなさい」

テイムルが苦笑して「はい」と立ち上がる。それにフェイフューが抱きつく。

「テイムル、あなたはどう思われますか？　白将軍であるあなたならぼくの言いたいことをわかってくれますよね」

「そう申し上げたいところですが、現時点でここにおいでではないのは事実ですからね」

誰よりも強い語調で、しかし顔だけは年相応の聞き分けのない子供で、首を横に振る。

「あきらめることはありませんよ」

「ですが──」

「兄さまは生きておいでです。絶対。兄さまに何かあったら、ぼくにはわかるはずですから」

その声には、迷いも疑いも一切ない。

「だってぼくらは双子の兄弟なのですからね」


蒼宮殿改めアルヤ総督府は広大な敷地をもつ行政府で、二つの大きな建物とたくさんの小さな建物で構成されている。一番大きな建物は敷地の南半分、大講堂と呼ばれる儀式用の大広間とアルヤ王──現在はアルヤ州総督──の執務室を有する建物だ。そしてその次は北半分、もともとはアルヤ王の家族が住んでいた後宮(ハレム)だったが、今は総督およびその側近の宿舎になっている建物である。そしてその二棟を取り囲むようにいくつか軍隊の司令部の施設がある。

赤(あか)軍の司令部は宮殿の北東部にある。司令部といっても、大講堂の十分の一もない部屋が三つ南北に連なっているだけのとりわけ小さな建物だ。ここにはいかつい大男たちが何人も居座って自宅代わりにしており、どれだけ片づけても生活用品が散乱していてほこりっぽい。ユングヴィはここにいるとナーヒドに説教されても仕方ない気がしてくる。

今日もユングヴィは司令部の掃除をしていた。卓の上で油をこぼしていたランプを棚に戻し、絨毯(じゅうたん)の上に膝をついて卓の油をちり紙で拭(ふ)く。こうしていると、将軍とはいったい何なのだろう、と考えてしまう。ここ三年ユングヴィが担当しているのは主に少年兵の教育——というより子守——と掃除洗濯だ。

昔は良かった。三年前、エスファーナ陥落までは、ユングヴィも兵士として活動していたのだ。赤軍の部下たちが、赤軍の一員になった以上は、といって体術や砲術の勉強をさせてくれたのである。実戦の場にも連れていってくれた。怪我をすることも多かったが、赤軍兵士として役に立つことが立派な将軍への近道なのだと思い込んでいた。

それが今やこのざまだ。

はっきり言われたことはないが、たぶん、一番の危機の時に逃げ出した無責任な人間に任せられる仕事はない、ということなのだと思う。

どたどたと大きな足音が複数聞こえてきた。副長以下赤軍幹部たちが帰還したようだ。

ユングヴィが顔を上げると、ほどなくして扉が開いた。案の定、体格のいい男たちが入ってきた。先頭に立っているのは顔に刃物傷のある筋骨隆々とした中年の男だ。

彼は名をマフセンという。赤軍の副長である。

「帰ったぞ」

「おかえり」

先手を打ってユングヴィはこう言った。

「お茶出しはしないよ」

マフセンが鼻を鳴らして笑う。

「偉くなったじゃねえか」

そう言いながら、彼は卓のそば、ユングヴィの隣に腰を下ろした。

「淹れろよ、お茶。お前はお料理くらいしか取り柄がねえんだからよ」

ユングヴィはまず顔をしかめたが、マフセンと喧嘩をしても勝てないので、すぐに愛想笑いをして猫なで声を出した。

「ねえ、今日はどこに行ってたの？」

「ヘライーリー地区」

「何かあったの？」

「喧嘩の仲裁だ。サータム人の金物屋がアルヤ人の銅職人から品物を買い叩こうとして殴り合っちまったんだと。人数が膨れ上がって大乱闘よ」

「言ってくれれば私もついていったのに。そういうところ、ほら、将軍から一言がつんとあれば」

「は？　バカじゃねえのお前」

また始まってしまった。

「お前みてえにへらへらした奴が出ていって収まるわけねえだろ。巻き込まれて怪我でもされたら連れていったこっちも困る。余計なことするんじゃねえ」

こうして邪険にされるのは何度目だろう。しかしユングヴィがへらへらしているのは間違いない。これも自分なりに考えた処世術のつもりだったが、威厳がないのと表裏一体なのもわかっていた。

赤軍に限らず、旧アルヤ王国軍の十の部隊には、それぞれ副長という職位の人がいる。頂点に立つ将軍が十神剣という神官なので、その次に来る副長が実務的な長、他の国でいうところの将軍の仕事をしているのだ。極端なことを言えば、形ばかりの将軍などいなくても、副長がいれば軍隊は回る。蒼軍や白軍のように将軍が文字どおり将軍をやっている部隊もあるが、赤軍はユングヴィではなく副長のマフセンが仕切っていた。

三年前にエスファーナが陥落して以来、赤軍は仕事が増えた。近衛隊であり首都エスファーナの警邏である白軍や首都を含む中央軍管区に常駐の蒼軍の活動が制限されたからだ。赤軍は系統立てられた軍隊組織の外側にある暗殺部隊でもあるので、サータム帝国軍にあえて泳がされて首都の暗部の掃除を担当させられている。今回のように、サータム人とアルヤ人の武力衝突に発展しそうな騒乱を揉み消すのにも派遣される。一般民衆はそれが赤軍という軍隊の一部の仕事であることを知らないかもしれない――らしい。

実のところ、ユングヴィは現在の赤軍がどんな仕事をしているのか正確には把握していない。副長が説明したがらないからだ。副長をはじめとする赤軍幹部たちはユングヴィが首を突っ込んでくることを嫌がっている。生来衝突を避ける気質のユングヴィはいつもしぶしぶ引っ込む。

今回もこれ以上粘っても何も言ってくれないに違いない。ユングヴィは大きな溜息をついた。

「ほら、出てけ出てけ。お掃除の続きは俺らでやっておいてやるから、お前は黙って下がれ」

これが将軍の扱いなのだろうか。他の部隊はどんな感じなのだろう。ナーヒドやテイムルが特別で、他の将軍たちもお飾りとしてこんな風にあしらわれているのか。

寂しくも悔しくもあったが、ユングヴィはわかっていた。

自分がバカで役立たずなのは事実だ。みんなの足を引っ張らないでいよう。

溜息をつき、腰を上げた。

「中央市場にお買い物に行ってくる」

「おう、いってらっしゃい」

誰も引き留めてくれない。これも、いつもどおりだ。


エスファーナ中央市場は今日もにぎわいを見せていた。復興した、というよりは、まるでもともと戦などなかったかのようだ。

幅広い目抜き通りが、行き交う人々で埋め尽くされている。

あちら側からこちら側へ、こちら側からあちら側へ、思い思いの衣装を着た人々が人波に乗って自由に渡り歩いている。黒い髪から金の髪、肌の色の濃い者薄い者、髪を布で完全に覆っている人や帽子をかぶっているだけの人、立て襟のシャツから一枚布を巻きつけた者まで、中央市場は買うほうも売るほうも多種多様な地域からはるばるやって来て集まる。

中央市場とは三十を超える市場の集合体の通称だ。それぞれの市場は取り扱っている商品の分野ごとに独立して運営されている。絨毯市場、革製品市場、銀細工市場――いろいろな市場が集まっている中、地元の人間がもっとも足しげく通っているのはユングヴィが今いる食品市場だった。

この市場は大昔の王がその財をありったけ注ぎ込んで整備したといわれている。

アーチ状の煉瓦の屋根が全体に覆いかぶさっていて天井があるため、ここにはアルヤ高原の殺人的な日光は届かない。代わりに多くのランプ、多くのかがり火や松明が焚かれていて、手元は結構はっきり見える。人いきれと炎の熱気で夜でも暖かい。人々は店舗が開いている限りいつでも買い物することができた。

店舗の入り口は通りごとに同じ大きさにつくられており、歩いていると似たような店がずらっと並んでいるように見える。だが、客引きをする商人たちは個性的で、話を聞いているだけでもおもしろい。

ユングヴィは、買い込んだ石焼きの薄いパンを袋ごと抱き締めつつ、大きく息を吐いた。

学もなくアルヤ国から出たこともない彼女にはいまいち想像がつかなかったが、聞いたところによると、アルヤという国は東大陸のほぼ中央に位置しているらしい。そしてその国土の東西を横断するように東大陸の果てから西大陸へ通じる大通商路がある。大陸じゅうを渡り歩く商人や旅人向けの国際市場や宿場町は自然とつくられていく。通商路沿いはそこで落とされる利益で潤う。

アルヤに数ある都市の中でも、首都エスファーナは大陸一とうたわれる規模の巨大中継貿易地点だ。役人が管理しきれない数の市場とそれを使い回せるほどの人口を有する。

世界の半分、砂漠に咲く一輪の薔薇、百万都市エスファーナ——不毛な砂漠の広がるサータム帝国にとっては喉から手が出るほど欲しい土地だったに違いない。

この大にぎわいはもうアルヤ人だけで分け合えるものではなくなってしまった。

自分たちが守れなかったせいだ。自分たちはアルヤ人の富をサータム人に明け渡してしまった。

それでも、エスファーナは死なない。中央市場には今なおさまざまな国の出身者たちがひしめき合っている。

邪魔にならないよう少しずつ歩きながら、抱えている袋の中身を見た。

石焼きパン——買った。ヨーグルト——買った。羊肉——買った。あとは果物で終わりだ。

青果通りにはさまざまな果物が並んでいた。定番の西瓜や葡萄から、常に暖かいと聞く南洋の果物、舶来の品種らしく食べ方のわからないものまで売られている。色とりどりの果実が所狭しと置かれているさまは、中央市場の、あるいはエスファーナの縮図のようだった。

馴染みの果物屋へ目をやる。

「こんにちは。いつもの林檎をください」

恰幅の良い店主がこちらを向いた。

「おっ、まいど。兄ちゃんいつもありがとね」

兄ちゃん、という言葉が胸に突き刺さった。男だと思われているのだ。何度も通っている店の主にまでまだ男性に間違われているとはと思うと少し切なかった。

とはいえ、自分もあえてターバンを巻いている。筒袴に丈の長いベスト、その上からしっかりと巻いたベルトに外套を羽織っているので、どこからどう見ても男の恰好だ。だがいざという時に動きやすいという理由で選んだもので、ユングヴィはすすんで男装しているつもりもなかった。

通りを行き交う女性たちを見下ろす。

世間の女性というものはみんな小柄だ。ユングヴィの目線では見下ろせてしまうほどだ。実は、ユングヴィは平均より頭半個分以上背が高い。しかも筋張っていて華奢な体格ではない。

変装の必要がないということだ、気が楽ではないか――ユングヴィはそう自分に言い聞かせた。

だが、たまに、こんなだから可愛がられないのだろうか、と思う時もある。強くたくましいことは軍属である将軍にとって美点であると勘違いしていたが、どうせお飾りなら小柄で華奢で可愛い美少女のほうがよかったかもしれない。

「あんた確か小さい妹さんがいるんだったな」

店主がその太い指に見合わぬ小さな林檎を差し出した。

「今朝のもぎたてだ、やるよ」

「すみません、お代は？」

「いやいや気にしねえでおくんなさい、そいつは小さくて売り物にならねえんだ。小さいだけで中身は問題ねえから、皮を剝かずにそのままかじっておくんなさい」

「ありがとうございます。あ、これと別に五個ください」

「あいよ、どうもね」

袋に入れられた林檎を手渡される。またいつか何らかの仕事を与えられる日を夢見て鍛えているユングヴィは、それをさほど重いとは思わなかった。

蒼宮殿は、現在、サータム帝国から派遣された総督のための宮殿となっている。しかしユングヴィは今も旧蒼宮殿の敷地内で暮らしている。蒼宮殿から逃げ出すのが難しかったからだ。

あのあと宮殿はすぐに帝国軍に包囲された。他の将軍たちはフェイフュー王子の命乞いのために投降した。そして、あれよあれよという間に帝国の将軍――今の総督――の管理下に置かれてしまった。

ユングヴィは他の将軍たちにぶら下がっていたかった。自分が今抱えている問題を誰かと共有したかった。だが何がどうしてこうなったのかを説明するのが難しくて、悩んでいるうちに時が過ぎてしまった。彼らと離れず、しかしあまり踏み込ませることもせず、無言でそれとなく後ろについていった。問題を隠したままへらへらと他の将軍たちの動きに従い、流れに任せて今の状況に至る。

総督は十神剣を厳しく処罰しなかった。十神剣は生きた神であり最高位の神官だからだ。掌握するほうがアルヤ人を管理しやすいと思っているらしい――と、ユングヴィは他の将軍からそういう説明を受けた。ユングヴィ自身は何がどうなって自分がこういう扱いを受けているのかわからない。ますます自分の愚かさみたいなものを感じさせられて縮こまるばかりだ。

サータム人の神が男女の別を厳格に分けていることにも救われた。敬虔で紳士な帝国の人々は女性の居住空間に踏み込まない。ユングヴィは少女であることを理由に無断で外出しないという条件で自宅に帰された。こんなことで九死に一生を得るとは思っていなかった。結局、今も軍の要人としてエスファーナ陥落以前のままの暮らしを続けている。

家本体も内部を片づけただけでほとんど変わっていない。

ただ、同居人が一人増えた。

案外見つからないものだ。多くの人間がすぐそばを出入りしているのに、まだ誰にも指摘されたことがない。それほどしっかりと隠しおおせているのか。一歩も家から出していないからか。

旧蒼宮殿の敷地内部の南東方面、椰子の木が無造作に植えられている中にその自宅はある。こぢんまりとした小屋のような家は土間と居間の二間しかないが、ユングヴィと同居人が二人で暮らす分には不満はなかった。

扉を開け、中に入る。

扉が開く音を聞きつけたのか、居間と土間を隔てる壁の戸が開いた。

「おかえりなさい！」

出がけの時と変わらぬ様子に、ユングヴィはほっと息を吐いた。

「ただいま、ソウェイル」

蒼い髪の小さな同居人――ソウェイルが嬉しそうに微笑んだ。ユングヴィはその頭を掻きまぜるように撫でた。

「今日は帰ってくるの早かったな。うれしい」

「ごめんね、ひとりで留守番させて」

「ううん、だいじょうぶ。おれ、ひとりも楽しいし」

三年間ずっとこんな調子だ。

彼は愛玩動物ではない。しかも年々背丈が伸びてきている。九歳になって自我というものが強くなってきたのか、最近は言うことも少し変わってきた気がする。

それでも、ユングヴィは彼を家から出してやれない。これでは監禁しているも同然だ。

ソウェイルの蒼い髪はあまりにも目立ちすぎる。すぐ人の目に留まるだろう。見つかった後のことが怖い。

相手がアルヤ人であればかばってくれるはずだ。『蒼き太陽』が生きて目の前にあることを喜ぶに違いない。ひざまずいてソウェイルに忠誠を誓うのではないか。

相手がアルヤ人でなかった場合は、いったい、どうなるのだろう。アルヤ人にとっての『蒼き太陽』は自由と独立の象徴だが、サータム人たちはそんな『蒼き太陽』を邪魔だとは思わないだろうか。

目の前に総督府の建物がある。太陽を、この蒼い色を、神聖だとはまったく考えないサータム人たちがいる。

ソウェイルが帝国側に引き渡されてしまった時のことを考えると、ユングヴィは背中が寒くなる。万が一そんなことになってしまったら、自分ひとりでソウェイルを守りきれるとは思えない。

「本当にごめん」

ソウェイルがまた首を横に振り、ユングヴィの頬に髪を擦り寄せてきた。

聖なる蒼い髪を、だ。

いつの日のことだったか、ソウェイル自身が、こんな色の髪でなかったらよかったのにと言って短く切ってしまった髪を、だ。

「だいじょうぶ、だいじょうぶ、ユングヴィ。おれ、毎日楽しい」

そんなはずはない。遊びたい盛りのはずなのに毎日ユングヴィの帰宅を待つだけの暮らしを送っている。

いつでも好きな時に自分でこの家の戸を開けて出ていくことができるというのに、ソウェイルは、けしてそうしようとしない。ずっとひとりでユングヴィの帰りを待ち続けている。ソウェイル自身も自分の蒼い髪が何を意味しているのかよくわかっているのだ。

「なんとか……、明日こそなんとか、テイムルに話してみるよ。白将軍なんだからきっとなんとかしてくれると思うんだ」

すると、ソウェイルは耳元でささやいた。

「むりしないでくれ。おれは今のままでじゅうぶんだ」

ユングヴィは溜息をついた。

中央市場で買ってきた食品を土間に備え付けた棚にしまう。ユングヴィももともと整理整頓が得意だが、ソウェイルも片づけに協力してくれるので、食材や調理器具はいつも整然と並んでいる。

二人で居間に上がった。

居間には毛足の長い絨毯が敷かれていて、壁にもつづれ織りの壁掛けがかけられている。部屋の隅には布団を積んである。ソウェイルと二人暮らしを始めた時、少しでも空間を広くとるために、寝台を捨てて床に敷く形の布団に替えたのだ。衣服や生活用品を収納する櫃も複数個に増やした。どれも植物の彫り物のあるお気に入りだ。

この家は二人だけの楽園だ。この空間に閉じこもっている間は社会のつらいことや悲しいことから逃げられる。

「今日は何してた？」

ユングヴィが訊ねると、ソウェイルは明るい声で答えた。

「赤の剣としゃべってた」

そして壁に立てかけておいたユングヴィの赤い神剣をつかむ。大人のユングヴィの手でもそこそこの重量のある剣だが、ソウェイルはまるで重みを感じないらしく、軽々と持ち上げた。

「ユングヴィがいなくても、おれ、さみしくない。剣が相手をしてくれるから」

変な話だ。この手の超常現象にはなかなか慣れない。

ソウェイルが言うには、神剣はしゃべるらしい。時々熱心に語りかけてくるというのだ。しかしユングヴィにはソウェイルが一方的に話しかけているように見える。

だが、ユングヴィは彼の言うことを信じていた。というのも、ユングヴィも一回だけ神剣の声を聞いたことがあるからだ。

あれは初めて剣を抜いた時だ。

神剣は自らの主に自分で声を掛ける。赤の神剣はユングヴィが蒼宮殿のそばで炊き出しを待っていた時に話しかけてきた。といっても一言、来てほしい、と言われただけだ。その後は目に見えない何かに導かれて、宮殿の中の民衆に開かれた玄関に足を運んでいた。そしてそのまま白軍に保護された。

あの時の神剣の声は少年のように聞こえた。ソウェイルはあの少年の声としゃべっているのだろう。

不思議だが、たぶん、そういうこともあるのだ。何せソウェイルは『蒼き太陽』だ。不思議なことのひとつやふたつあるだろう。『蒼き太陽』は、ユングヴィにとってはただの子供だが、本来はアルヤ人の神なのである。

「剣はなんて言ってるの？　こんなところで留守番させられて窮屈じゃないか訊いてこない？」

ソウェイルは首を横に振った。

「ユングヴィを信じておとなしく待ってろ、って。赤の剣はユングヴィのことがだいすきだから、ユングヴィの悪口を言わない」

そう言われると嬉しい。ユングヴィは、神剣の期待に応えるためにもがんばらないと、と思う。だが具体的に何をがんばればいいのだろう。

本当はうすうすわかっている。ソウェイルを他の将軍たちのところに連れていってもらったほうがいい。アルヤ人はみんな『蒼き太陽』を信仰しているし、根拠はないがなんとなく、次の王が必要な気がする。先代の国王夫妻はソウェイルが王になることを望んでいた。王妃にソウェイルを託された自分こそが、ソウェイルを王にすべきなのではないか。

時々、ふと、重荷だ、と思うこともある。いっそすべてを投げ出したい。難しいことを考えたくない。ソウェイルをどこかにやってしまいたい。

楽になりたい。

「ユングヴィ？」

声を掛けられて我に返った。

なんと残酷で無責任なことを考えていたのだろう。ソウェイルがこんなに慕ってくれているというのに、捨てるような真似をするわけにはいかない。王妃にも神剣にも申し訳が立たない。

みんなの期待に応えるために、自分ががんばらないといけない。

「夕飯作ろうか。お腹空いたでしょ」

ユングヴィがそう言って土間のほうを振り返ると、ソウェイルが「うん」と明るい返事をしてついてきた。


旧蒼宮殿の南の一角に神剣のための部屋がある。蒼宮殿最大の広間である大講堂の東側、大講堂の東の壁に沿って作られたような細長い部屋だ。壁には白い幾何学模様が浮き出るように金箔が貼られていて、神々しくてまぶしい。東側には大きな窓があり、時間帯によっては太陽の光が差し込むようになっていた。

南側に開いている出入り口から見て正面、北側の壁に小さな祭壇が設けられている。その祭壇の上方の壁には十対で合計二十個の突起がついており、この突起が刀剣掛けとして使われていた。主のいない神剣は次の主を見つけるまでの間そこに置かれることになっている。今安置されているのは一本だけで、残り九対は主がいるためここでは空席だった。

この部屋は十神剣が自由に使っていいことになっている。

といっても普段から使い込んでいる人間はいない。ここは神に賜った神剣のための聖なる空間であり、同じく神秘的な存在であると言われているはずの十神剣自身も遠慮してしまうためだ。少なくともユングヴィは近寄りがたく感じており、毎月一回行われている十神剣会議の他に立ち入ることはない。

今日はその毎月一回の十神剣会議の日だ。

しかしソウェイルと二度寝をした挙句のんびり朝食を取っていたユングヴィは遅刻してしまった。なんとソウェイルのほうに今日は何か用事があったのではないかと外出を促されてしまい、慌てて家を出てきたのだ。

「遅れてごめんなさい！　赤将軍ユングヴィ、ただいま到着しました！」

部屋に駆け込んで第一声、出入り口付近にあった衝立を乱暴に押し退けつつ、ユングヴィはそう叫んだ。

誰も返事をしなかった。

怒鳴られる——そう覚悟して一度かたく閉ざしたまぶたを、おそるおそる持ち上げた。

部屋の中、絨毯の上に座って待っていたのは、同僚三名だった。

「あれ？　もう解散した？」

一番奥に座って暗い顔をしている青年——近衛隊兼憲兵隊白軍の長にして十神剣の代表者でもあるティムルが、「いや」と唸りながら首を横に振った。

「そもそも来てくれないんだけど、これはどういうこと？」

「ああっ、ごめんテイムル！　悪気はなかったの」

部屋の中央へ走った。そしてすぐさまテイムルの目の前に両膝をついた。テイムルが両手で顔を覆う。

「いやいいんだ、知っていたよ。ユングヴィとサヴァシュは僕をナメているんだよね？」

「違う違う、私とサヴァシュを一緒にしないで」

「そうだよね、ユングヴィとサヴァシュは、ではなくて、十神剣は基本的に僕をナメているんだよね」

「ごめんなさい、ごめんなさい！　謝るからそんなこと言わないで」

テイムルから見て右側、ユングヴィから見て左側で眉間にしわを寄せている青年――エスファーナを中心とした中央軍管区守護隊蒼軍の長であるナーヒドが大きな溜息をつく。

「騒々しい。貴様はいつになったら将軍らしい落ち着いた立ち居振る舞いを身につけるんだ」

「今日はそういう角度？」

「どういう意味だ貴様」

「ごめんなさいごめんなさい、本当にごめんなさい」

テイムルが微笑む。

「今度から十神剣で用事がある時は僕ではなくてナーヒドの名前で招集をかけようね」

ナーヒドの「俺は構わんが」と答える声とユングヴィの「より来づらくなると思うんだけど」と答える声が重なった。

「何だと!?」

「やっちゃった失言だ、撤回します」

「やめてあげなさいな」

涼しげだがどこか鋭さも孕んだ声が割り入ってきた。

声の主は、テイムルから見て左側、ユングヴィから見て右側に座る、豪快に巻かれた長い髪と臍が出る踊り子の衣装の上に上着を羽織った姿が印象的な女――女人のみで構成された部隊である杏軍の長ベルカナだ。

「あんまりユングヴィをいじめないであげてちょうだい。この子には本当に悪意はないわよ」

「俺はいじめてなどいない」

「悪意があるのはどちらかと言えばサヴァシュのほうでしょ。とっちめるのならあの子のほうにしたら？　捕まえられたらだけどね」

テイムルが「ですよねえ」と頷き、ナーヒドが「あの野郎」と唸った。ユングヴィはただただ苦笑した。サヴァシュの不在を喜ぶべきか悲しむべきか。サヴァシュのおかげで怒られずに済んだと言えばそうかもしれないが、また彼がよってたかって説教されるのを見るのも気分のいいことではない。とはいえ彼はきっといつもどおり馬耳東風で、ひやひやするのはおそらくユングヴィ一人だ。

十神剣はその名の示すとおり全部で十人いる。ただし、東西南北の守護隊の将軍は普段は各地方に散っているため、首都に常駐していていつでも集まれるのはそのうち六人だ。しかも、参謀および情報統括部隊である紫軍だけは今神剣の主がいないので、今集まるのなら五人、のはずである。

「これ以上サヴァシュを待つのはやめよう。ユングヴィは忘れているだけで待っていればそのうち来るような気もしないでもないけど、サヴァシュは、その、無理」

「賢明な判断ね」

テイムルがぼやくと、ベルカナがひとり腕組みをして肯定した。

「で、今日は何の話をする?」

早く自分の話題から離れてほしいので、ユングヴィは多少強引にでも話を進めるために笑顔を作って問い掛けた。

「ちょっとややこしい話だから間違って伝わる前にちゃんとみんなに説明しておきたいことが」

テイムルは婉曲的な物言いをした。

そんな彼の配慮を裏切り、隣のナーヒドが言った。

「ちゃんと皆を集めて説明しておかないと後からあれは何だったのかと間抜けなことを言う奴が出るのが予測される難しい話だ。そういうことを言い出すのはだいたい頭に何が詰まっているのかわからないユングヴィと人の話を聞いていないサヴァシュだが、そういう奴らに限って呼んでも来ない。だからこそ理解できない阿呆のままなのだろう」

ユングヴィは「まだ言ってるよ」と肩をすくめた。今日もぼろくそに言われている。どうにかして今日こそソウェイルの話ができないものかと思っていたが、空気があまりよくない。どういう流れで切り出そうか。こんなことならちゃんと早起きをしてソウェイル本人と作戦を練ってくればよかった。十神剣会議があるのを忘れていなければもう少しうまくやれたかもしれないのに、自分は相変わらず頭が悪い。

テイムルとナーヒドが話し始める前に、廊下からまだあどけない少年の声が聞こえてきた。

「すみません、まだ盛り上がっているところですか？　まだまだかかりそうです？」

全員が出入り口のほうを見た。

ナーヒドが立ち上がった。大股で出入り口に向かった。ユングヴィがもとに戻しておいた衝立をつかむ。衝立を部屋の中に移動させ、出入り口を大きく開ける。

顔を見せて「失礼致します」と言った蒼軍兵士に、ナーヒドが「構わん」と告げた。

「お通ししろ」

ひとりの少年が蒼軍兵士の後ろから顔を出した。日輪を思わせるまばゆい金の髪と太陽を思わせる尊い蒼(あお)の瞳(ひとみ)をもった子供だ。

ユングヴィは心臓が跳ね上がるのを感じた。

金の髪と蒼い瞳の子――先王の第二子フェイフューだ。

つまり、ソウェイルの双子の弟だ。

フェイフューがその年に見合わぬ落ち着いた声音で言う。

「会議が長引いているようでしたので、ぼくは家に帰ったほうがいいかと思ったのです。どうですか」

ナーヒドが珍しくしおらしい声音で「申し訳ない」と謝罪した。

「お待たせしてしまった。お疲れか」

「いいえ、そうではありません」

まるでフェイフューがナーヒドをなだめているかのようだ。

「ぼくのわがままでナーヒドについてきてしまったのです。十神剣のことは十神剣のこと、ぼくが介入するのはよろしくなかったかな、と考えていました」

「滅相もござらぬ」

ナーヒドがフェイフューにひざまずいた。

「我々が至らぬばかりに、なかなかひとが集まらず、この有り様」

ユングヴィは驚いた。北の山脈の尾根よりも高い自尊心をもつナーヒドが首を垂れている。フェイフューはナーヒドにここまでさせられる力をもっているのか。

王子の凜々しい顔立ちを眺める。

フェイフューはなんとか助命を認められたが、王族の身分は剝奪され、蒼宮殿から追い出された。そうして行き場がなくなった彼をナーヒドが自宅に引き取った。

ナーヒドはけじめだの分をわきまえるだのといった言葉が大好きだ。将軍と王子の立場の上下差をはっきりとさせたがる。だが、ナーヒドにとってフェイフューが特別なのはきっとフェイフューの瞳が蒼いからというだけではない、とユングヴィは思う。

早くに母を亡くし兄弟もいないナーヒドにとってのフェイフューは、亡き主君の息子であると同時に、父の命と引き換えに生き長らえた存在でもあり、今や唯一の家族でもある。

フェイフューがナーヒドに引き取られてから、一度だけ、ナーヒドの自宅を訪ねて様子を窺ったことがある。普段の高圧的なナーヒドからは想像もできないほど穏やかに振る舞っていた。

ユングヴィもソウェイルと一緒にいる時は気持ちが安らぐ。家族だからだ。

ナーヒドに共感できる日が来るとは思ってもみなかった。

「では、これから話を？　ぼくはもう少し待ったほうがいいですか」

「ここにいらしても問題はない」

ナーヒドは他の三人を振り向きもせずに答えた。

「これから殿下のお話をするところだ」

フェイフューが小首を傾げる。

「それなのにぼくがいてもいいのですか」

今度はテイムルが声を掛けた。

「おいでくださいませ」

フェイフューが歩み寄ってくる。ナーヒドが兵士に「下がれ」と命じる。

「こんにちは、ユングヴィ、ベルカナ。お久しぶりです」

穏やかな微笑みを見せるフェイフューに、ユングヴィは何か引っ掛かるものを感じた。

違和感の正体をつかむ前に、先ほどの位置に戻ったナーヒドの隣、ユングヴィの左側にフェイフューが腰を下ろす。

ベルカナが微笑んだ。

「相変わらずお利口さんですわね」

「ありがとうございます。でも、ぼくももう九つですからね。多少はかしこくもなりますよ」

ナーヒドが座りながら「おい、かえって失礼だぞ」とベルカナをたしなめる。ベルカナが自分の口元を押さえて「あらやだごめんなさい」と謝罪する。フェイフューが「いいえ」と首を横に振る。

「みなさんからしたらまだまだ子供かもしれませんが、ぼくも一応毎日成長しています。安心してくださいね」

「なんと聡明な。たいへん失礼致しました」

そんなやり取りを眺めてしばらく経ってから、ようやく、ユングヴィは気がついた。

フェイフューのほうがソウェイルより一回り大きい。ソウェイルと同い年の双子の兄弟のはずなのに、フェイフューはソウェイルよりずっと体格がいい。

言うこともだいぶ違う。彼は年齢のわりにはかなりおとなびている。

彼がおとなびているのではなく、ソウェイルが幼いのだろうか。

ナーヒドの広い邸宅の敷地内で充分に運動でき、総督の許可があれば邸宅から出ることもできるフェイフューと、小屋のような家から出られず、ユングヴィ以外とは話すこともないソウェイルとでは、成長の度合いにここまで差が出るのだ。

打ちのめされて黙りこくったユングヴィに、フェイフューが声を掛けてきた。

「どうかしましたか？」

ユングヴィはただ首を横に振った。

「何でもないです」

そう言うほかないと感じた。

しかしどうしてそう感じたのかはよくわからない。ソウェイルを監禁しているという負い目からくる自己保身か。自分はとっさの瞬間に無意識でそういう判断をする卑怯者だ。

フェイフューの顔を眺める。

鼻や口元、全体的な顔の輪郭にソウェイルの面影がある。瓜二つとまではいかないが、兄弟だとわかる程度には似ている。

だからこそ、ユングヴィはフェイフューから目を逸らした。

「ごめんなさい、何でもありませんから」

ソウェイルとフェイフューの差を広げているのは自分だ。

まだユングヴィを眺めているフェイフューに気づいているのかいないのか、テイムルが言った。

「では本題に入ろうか」

そう言われて気を取り直した。

「そうだ、フェイフュー殿下の話って？」

「そう」

続きはテイムルではなくナーヒドが語った。勝ち誇った顔だ。

「とうとうウマルに認めさせたのだ。我々にとって太陽がいかに重要なものであるかを」

嫌な予感がした。

「フェイフュー殿下が御年十五の成人になられたあかつきには、殿下を次の太陽として――王として即位させることをウマルが約束した」

息が詰まった。

今この世でもっとも神に近いのは――神聖な蒼い髪をしているのは――『蒼き太陽』は、ソウェイルのほうだ。

「無論すべての権限が認められるわけではない。神を名乗ることは許されず、領地も与えられない。原則として政治運営の一切をサータムの総督が執り行うことには何の変わりもない。しかし――」

ナーヒドの声が耳を滑っていく。

「サータム帝国の属国といえども、アルヤは王国の体裁を取り戻すことになる。フェイフュー殿下によって」

それは、本来は、ソウェイルの役目だ。

「アルヤ王国復活への道の最初の一歩を大きく踏み出すことになる。したがって、我々十神剣は、来るべき日までフェイフュー殿下を全力でお守りし、太陽の再来に備えねばならない」

そこでフェイフュー自身が口を開いた。

「ぼくはちがうと思っているのです」

訴えるように言う。

「兄さまがいるのに――『蒼き太陽』であるソウェイル兄さまがいるのにぼくが王になるなど」

その名が出てきたのを聞いてユングヴィは脈が早まるのを感じた。

「ただ、もう三年も兄さまにお会いしていないので――」

「お亡くなりになったのだ」

フェイフューの言葉を遮って、ナーヒドが断言した。

「ご遺体はまだ出ていないが、三年もの間お噂ひとつお聞きしない。諦めるべきだ。もはや王子はフェイフュー殿下お一人」

そんなナーヒドからフェイフューは顔を背けた。

「兄さまは……、きっとどこかで生きておいでです」

小さな声で続ける。

「けれど、今は、いらっしゃらないから。兄さまが戻られるまでは、ぼくが、代わりをしなければ。ぼくはそう思っています」


「ただいま」

戸を開けたらいい匂いが漂ってきた。アルヤの家庭料理である汁物の香りだ。少し香辛料を入れて野菜を煮るだけの簡単な料理だが、素材の味が染み出ておいしい。もともとはユングヴィの得意料理で、ソウェイルも料理をしたいというので教えてあげた。

「おかえりなさい」

案の定かまどの前に立っていたソウェイルが微笑んだ。

「ただいま、ソウェイル」

蒼い瞳(ひとみ)と目が合った。

「ユングヴィ？」

「うん？」

「元気なくないか？　おもしろくない話だった？　おれのことか？」

ユングヴィは苦笑した。いつもこんな感じだ。ソウェイルはどんな些細な変化も見逃さない。ソウェイルに嘘を教えてうまくごまかせたためしはなかった。この子は厄介なほどひとをよく見ている。

しかし今度ばかりは事情をうまく説明することもできそうにない。なぜならユングヴィ自身が政治の話題が苦手だからだ。

王の権限がどうの総督の権限がどうのと言われても、ユングヴィにはよくわからなかった。自分が理解していないことをひとに説明して理解してもらえるわけがない。まして相手は九歳の子供だ。

ユングヴィに理解できたのは、来週の今頃にはフェイフューが次のアルヤ王として約束されたと公表する、ということと、何事もなければ六年後フェイフューが成人した段階でアルヤ王に即位する、ということ、この二点だけであった。

自分がこのまま黙っていたら、フェイフューがやがて王となる。

ソウェイルはどう思うだろう。

自分は死んだことになっていて、王位どころか存在していることすら認知されない。双子の弟のフェイフューは、その存在をおおやけに知られているだけでなく、次の太陽としてその名を挙げられている。

双子の弟に王位を奪われる。

路上の孤児だったユングヴィには想像もつかない事態だ。

ユングヴィは溜息をついた。

「ごめん」

先の第一王妃にもひざまずいて謝りたいと思った。預けた相手が自分でなかったらと思うと胸が痛んだ。

ソウェイルがおたまを作業台の上に置いた。そして、大きな二重まぶたを二度三度と瞬かせた。

「どうした？　ほんとに何か言われたのか？」

ユングヴィは唇の裏側を噛んだ。必死になって次の言葉を探した。しかし出てこない。自分はなんて馬鹿なのだろう。

「だれに言われた？　ナーヒド？　またナーヒドにすごい怒られた？」

「いや、今日はちょっと違う」

「イジワルされたのか」

「ナーヒドはわざとじゃないんだ。ナーヒドは、短気だしすぐ怒鳴るけど、根っからの嫌な奴ってわけじゃないんだよ。テイムルが頼りないから自分がしっかりしなきゃって思ってるだけだと思う」

ただただ真面目なだけだろう。同僚たちが真面目にやらないから怒りをあらわにするのだ。普段から職務をまっとうしていればとやかく言わないようになるのかもしれない。だいたい正論だから腹が立つのであってナーヒドが間違ったことを言ったこともない。

いつも正しいはずのナーヒドが、蒼い髪の子を死んだことにして金の髪の子を王位につけようとしている。

アルヤ人としてあるまじき行為だ。まして蒼い御剣を戴いている者がとる行動とは思えない。

だが、当時六歳だった子が戦の最中に消息を絶って三年も経つ、と思えば、別の王子を立てて王家を絶やすまいとするのは、アルヤ人貴族として当然の流れかもしれない。

「じゃあ、テイムル？」

テイムルは何も言わなかった。太陽の守護神たる白将軍でありながら、『蒼き太陽』の話をしなかった。彼も諦めてしまったのだろうか。

「テイムルにおれの話した？」

「してない」

自分の声に張りがなくなっていくのを感じる。

「できなかった」

ソウェイルが完全にかまどから離れた。ユングヴィの手をとった。

彼に連れられるがまま居間へ入っていく。

腰を下ろした彼に下へ引かれて、絨毯の上に座り込んだ。

「なあ、ユングヴィ、どうしちゃったんだ？」

再度、大きな瞳で顔を覗き込まれた。

こんな瞳で見つめられては沈黙を貫ける気がしない。

ソウェイルの頭を撫でた。

ナーヒドも同じ気持ちなのかもしれない——そんな思いがふと浮かんだ。

フェイフューを見ているうちにこの子のために何かをしてあげなければと思い始めたのかもしれない。蒼将軍としての本分よりフェイフューの保護者としての思いが勝ったのかもしれない。フェイフューの蒼い瞳を見ていて、この子には国内で最高の地位を与えられる可能性がある、ということに、気づいてしまったのかもしれない。

もしもそうであったら、ユングヴィには勝てそうになかった。

ユングヴィも同じ思いだ。ソウェイルをなんとかしてやりたいという思いでいっぱいだ。

しかし、ユングヴィとナーヒドでは土台が違う。

ナーヒドは、生まれながらにして蒼将軍であることを宿命づけられ、白将軍の代わりに十神剣の代表者の顔ができるほどの自信を、そしてそれを裏打ちするだけの教養と剣の腕を身につけてきた。

一方のユングヴィは神剣を抜いただけで、もとはただの孤児だ。学もなければ腕力も技術も太刀打ちできない。それでも赤の剣や王妃に信頼してもらった以上は期待に応えたいと思っている。けれど具体的に何ができるかというと疑問ばかりだ。自分がこの三年してきたことといえば、ソウェイルに寄り添うことだけだった。

「……むり、しなくていいから」

ソウェイルがしがみつくように抱きついてきた。

「ユングヴィ、むりしないでくれ。おれ、今のままでいいんだ。ほんとに」

奥歯をきつく嚙み締め、こみ上げてきた涙を吞み込んだ。

ソウェイルには、隠し事はできない。できる範囲で話そう。

「ソウェイル」

「なんだ?」

一度深呼吸をした。

「フェイフュー王子のことって、ソウェイル、覚えてる?」

蒼い瞳が真ん丸になった。

「わすれるわけないだろ!」

ソウェイルの声が裏返る。まだ小さな手が痛いほどの力でユングヴィの手首を握り締める。

「おれの双子の弟……！　弟で、弟だけど、初めての友達でもあって――父上も母上もおれをキュウデンの部屋から出してくれなくて、ずっとずっと、フェイフューと遊んでいたんだ。フェイフューだけが遊んでくれた。妹たちとはぜんぜん遊べなかったけど、フェイフューだけは――」

失敗した、と思った。

「フェイフューは、おれにとって、たった一人の友達で、たった一人の弟なんだ……生まれる前からずっと一緒の……たった一人だけの」

そうであればなおのこと――

「会いたい？」

自分だけがソウェイルを独占している今の状況が、ソウェイルをより過酷な環境に閉じ込めているように思える。

「でも――」

ソウェイルが声を震わせた。

「ここを出ていかなきゃいけなくなっちゃわないか？」

自分はソウェイルにこの上ない我慢を強いている。生まれる前から一緒だった片割れに会いたいとすら言わせてやれない。

「ユングヴィ、フェイフューに会ったのか？」

「お会いした」

「元気だった？」

「お元気そうだった」

ソウェイルよりも体格がいいくらい、とは、口が割けても言えない。

「おれのこと、わすれてなかった？」

「ちっとも」

この双子は、こんなにも、深く思い合っている。

「フェイフュー殿下は、ソウェイルが、いるから、って」

二人を引き裂いているのは、他でもない、自分だ。

「ソウェイルは絶対生きてこの世のどこかにいるはずだから、ソウェイルの居場所をとったりしたらだめだ、って。ずっと、おっしゃってたよ」

ソウェイルが絨毯に突っ伏した。

「会いたいよね」

ところが、彼はそれは肯定しなかった。

「フェイフューにも会いたいけど、ユングヴィとくらせなくなるのはいや」

ユングヴィは驚愕した。

「ここを出ていかなくちゃいけなくなるのがもっともっといやだから、がまんする」

それがソウェイルの意思なのか。とんでもないことになってしまった。亡くなった国王夫妻はソウェイルにこの国を背負って立つ存在になってほしいと言っていたはずだ。だからユングヴィもいつかは彼をこの家から出して王位につけないといけないと思っていた。

「王様にならなくていいの？」

「うん」

ソウェイルはあっさり言った。

こういうことを、たぶん、仰天、という。

ソウェイルが起き上がった。

「おれにとって一番大事なのはユングヴィといっしょにいることだからなあ」

ユングヴィは言葉を失った。

しかし困ったことに、ユングヴィも嫌ではない。自分もソウェイルと一緒にいると落ち着いた気持ちになる。こんなに慕ってくれる、肯定してくれる人間はこの世に他に存在しない。それは依存と紙一重だということはわかっていたが、ソウェイル自身もこう言っているのだから、今の状態が自分たちにとって一番いい形なのかもしれない。

　こんなに信頼してくれている。そばにいることしかできないユングヴィでも、一緒にいられて嬉しいと言ってくれる。

　ユングヴィもソウェイルのそばにいたい。

「じゃあ、いいかなあ」

　呟いてから、いやだめだ、アルヤ人には太陽が必要だ、と思ったのだが、ソウェイルは「そうそう」と言った。

「フェイフューがやるんだったらそれでいいや」

　そう言って彼は立ち上がり、土間のほうへ向かった。先ほど中断した夕飯作りの続きをする気なのだろう。ユングヴィのほうが彼を追いかけるはめになった。

　汁物はぐつぐつと煮えていた。けれどこれは野菜が溶けてしまうまで煮るのがいいので、火事にならない範囲で少し放っておくのが正解だ。

　ソウェイルがおたまを取る。主婦のように慣れた手つきだ。

「あー、でも、やっぱり、テイムルには何か言っておいたほうがいいかなあ。テイムル、すごく心配してると思うんだよなあ」

　その小さな後ろ姿を眺めて、ユングヴィは唸った。

「ソウェイルはえらいねえ、テイムルの心配もしてくれて」

「何回でも言うけど、ユングヴィのむりのないハンイでな。ユングヴィがうまくできないんなら、おれはそれでいいんだから」

ティムルのこともユングヴィのことも気遣ってくれる。優しい子だ。こんなに優しい子なのだから王も向いていないわけではないと思うのだが、いったいぜんたいどうしたものか。

エスファーナの古い街並みは土地勘のない者に迷路と呼ばれる。

遷都後――時のアルヤ王がエスファーナをアルヤ王国の王都と定めた直後に都市計画に則って造られた通りは、将棋盤のように直線的だ。

対して、遷都前――まだ小さな街であった頃からある通りは、複雑に入り組んでいる。五叉路や袋小路も多い。

表はあんなににぎやかな中央市場も、小路に入ると静かになり、さらにもう一本裏に入れば、別世界となる。

老人たちが地べたに将棋盤を置いて駒を並べていく。土壁から土壁へと猫が横切る。昼食が終わった午後の静寂なひと時、どこからともなく井戸端会議に興じる女たちの笑い声が響いた。

こんな通りをそらで歩けるのは、ユングヴィとベルカナくらいらしい。いつかティムルがそんなことを言っていた。貴族の大邸宅が建ち並ぶ新市街で生まれ育ったティムルからすれば、ここは異世界なのだそうだ。将軍になる前からこのあたりをさまよっていたユングヴィからすれば、エスファーナの治安もあずかる白軍の長としてしっかりしろ、と言いたいところではあるが、同じ街だとは思えないのも本当だ。

袋小路の奥、突き当たりの手前あたりに、その店はあった。大きく口を開けた住宅の前にござを敷いただけの簡単な喫茶店だ。

ござの上、申し訳程度に敷かれた座布団代わりの布を下に敷いて、ベルカナが座っている。

頭には薄紅色のヴェールをつけているが、巻くというよりは引っ掛けるように頭へのせているだけで、緩く渦巻く長い髪は外気に晒(さら)されていた。臍(へそ)を出した悩ましい衣装の上に透ける更紗(さらさ)の上着を羽織っている。ともすれば商売女に見られ白軍に取り締まられそうなものだが、ベルカナ自身はまったく気にしていない。

「ベルカナー！」

近寄りながら手を振ると、水煙草(シーシャ)をふかしていたベルカナが顔を上げ、「さすがね」と微笑んだ。

「会議には遅れてもお茶会には遅れないユングヴィ」

「そのネタまだ引っ張る？」

　ベルカナの前に腰を下ろした。

「今日はありがとう。ベルカナおいしいお店いっぱい知ってるから嬉しい。こんな穴場そうそうないよね」

　ひげを生やした初老の男が無言で刺繍の施された布を持ってくる。この店の主だろうか。客商売だろうに愛想はまったくない。

　布を受け取って尻の下に敷いてから、「お茶と焼き菓子の盛り合わせ」と頼んだ。ベルカナも「あたしもお茶のおかわり」と注文する。男は軽く頭を下げてから店の奥に戻った。

「で、今日はどうしたの？」

「どうもしないけど、これからフェイフュー殿下の件でちょっとばたばたしそうでしょ。テイムルやナーヒドがかかりかかりし出す前にひと息入れたかったの」

「確かに」

　落ち着かないのはテイムルやナーヒドだけではない。自分もだ。まだソウェイルをどうすべきか悩んでいる。だからこそ今日はベルカナの突然の誘いを受けた。宮殿の外に出て誰かソウェイル以外の人間と話をして気分転換したかったのだ。

「あたしとは定期的に女子会しましょ」

ベルカナもユングヴィ自身も女子という雰囲気ではない。だがベルカナを前にして口にできるほどの度胸はないのでこらえる。

「私とベルカナがこうして二人きりで遊んでたらベルカナに男ができたって噂になったりしてね。私、顔は一般人にはあんまり知られてないみたいだからさ」

「それこそ相手はユングヴィだと言えば済む話よ」

ベルカナが目を細める。

「赤い剣を背負った赤毛の子なんて国内のどこを探してもユングヴィしかいないもの」

ユングヴィは自分の赤い頭を掻き、それはそれで自分も意識して布を巻いたほうがいいかもしれない、と思った。

赤軍の性質上面が割れてしまうのはいいことではない。巷では女将軍という甘い言葉が見せる幻のせいでユングヴィを相当美化しているらしいが、ユングヴィは時々それに助けられていると思う。ましてアルヤ国では三年前の戦乱以降本来王が主宰で行う宗教行事が行われていない。今の十神剣には神官として人前に出る仕事がない。つまり、ユングヴィの顔を知っている人間はごく少数だ。

都の闇で戦う赤軍は噂以上にも噂未満にもなってはいけない。

顔を知られていないのなら、将軍ではなく一般兵士としての仕事ができるのではないか。またみんなと一緒に戦えるのではないか――そう思っていてもマフセンが仕事を振ってくれないので、ユングヴィにできるのは結局ソウェイルの保護者だけか。

「あたしより、ユングヴィのほうはどうなの？　あたし以外に逢い引きする相手はいないの」

「いるわけないでしょ」

「あらそう？」

「誰か紹介してよ。ベルカナ様ご推薦の男ならハズレなさそう」

「嬉しいこと言ってくれるじゃない」

しかしユングヴィの言葉は上っ面だけだ。自分にはソウェイルがいる。ソウェイルと一緒に暮らしていることを明かせるほど信頼できる人間はこの世に存在しない。ソウェイルと生きていくと決めた以上、恋愛や結婚といった事柄は自分の人生から排除すると決めた。けれどそれをベルカナに説明することができないので、とりあえず話を合わせる。

「でもダメね、大事な十神剣の妹を託せる男ってなるとなかなか浮かばないわ。十神剣と釣り合うというと――そうね、蒼将軍家に嫁いじゃうのはどうかしら？　家の格は国内最高、年齢差もそこそこあってちょうどいい」

「ない。十神剣の男で一番ない。サヴァシュ未満、サヴァシュのがまだマシ」

「自分のいないところでこんな風に言われてるだなんてあの子たちもゆめにも思って

ないでしょうね」

先ほどの店主が盆に茶の入った器を二つと山盛りの焼き菓子を持ってきた。ベルカナとユングヴィの間に並べる。

ユングヴィは、小麦とココナッツの乳の香ばしい匂いを放つ菓子の数々を見て、少しソウェイルに持って帰れないだろうか、などと考えた。今もひとりで留守番をさせてしまっている。土産を持って帰れば多少は慰められるだろう。

菓子をひとつつまんで口の中に放り込んだ。

「十神剣の今の面子（メンツ）がどうこうっていうんじゃなくてさ。赤将軍が恋愛とか結婚とか、どうなの？」

ユングヴィは初めての女性赤将軍だ。赤将軍どころか、将軍として名前が残っている女性は歴史的に見ると杏（あんず）将軍しかいない。しかしその杏将軍もまた結婚したという記録はないらしい。ベルカナも独身だ。過去には数々の浮き名を流してはきたようだが、今は杏乙女と呼ばれる杏軍の隊員たちの他に家族をもたない。

杏軍とは女性だけで構成されている部隊だ。表向きは従軍して医療行為に携わり看護婦として働く、ということになっているが、実態は男しかいない部隊の兵士を慰めるために存在しているらしい。杏乙女たちは基本的に若く美しい女性ばかりで、特に貧しい家の生まれの少女が衣食住を求めて飛び込む世界だと聞いた。ユングヴィも美しくて度胸があって軍隊の知識を持っていたら杏軍に勤めていたかもしれない。

「杏将軍がやらないことを、私が、って思うとさあ」

ベルカナが茶で唇を湿らせた。

「前例は、なければ作るものよ。もうすでに杏軍以外で初の女将軍ってだけで異例中の異例でしょ」

「まあ、そうだけど」

「ユングヴィにはね、この先将軍になる女の子たちのお手本になる存在であってほしいの」

「すごい圧力」

期待してもらえるのはありがたいが、女として、というようなことは乗り気にならない。ソウェイルとの暮らしにも赤軍兵士としての暮らしにも障りがある。

「懐かしいわね。あたしも若い頃はいろいろとあらぬ噂を流されたものだわ。火のないところに煙は立たぬって言うじゃない、実際あたしも遊んで歩いてたから釈明はできなかったけど」

「さすがベルカナ」

「特に南北とはいろんな話を出されたものよ。何のことはない南北が仲良しこよしであたしは二人の飲み会に同席してただけだったんだけどね」

そこで、ユングヴィは唇を引き結んだ。

南――南部軍管区の橙軍将軍は、三年前に戦死している。

ユングヴィの顔色が変わったのをベルカナは見逃さなかった。

「三年前」

ベルカナが繰り返した。

「十神剣は四人も入れ替わったわね」

蒼将軍、白将軍、橙将軍、そして西部軍管区守護隊の翠将軍の四人だ。

サータム帝国はアルヤ国の西側に位置している。アルヤ西部にはいくつか古くて豊かな都市があり、帝国にとってはこれらを攻略するのが物資調達の要だ、と聞いたことがある。したがって主な戦場になったのは西部州で、西部軍管区の長であった翠将軍と援軍に駆けつけた橙将軍が戦死した。

ユングヴィには外交がどうとか貿易がどうとかといった政治経済のことはわからない。したがって何がどうなって開戦に至ったのかはいまだに理解できていない。

ただ、王が望んでいた。

王の望みのままに戦うのが十神剣の務めだ。ユングヴィにはほかに何の理由もいらなかった。

けれど最後はその務めを放り出して逃げてしまったのもまた覆しようのない事実だ。

アルヤ国は、今、サータム帝国の一部だ。

だが、誰も、お前のせいだ、とは、言わなかった。言われないのをいいことに自分も何も言わなかった。何事もなかったかのような顔で相変わらず十神剣として居座っている。

今日、ベルカナがとうとうこの話題に触れた。そろそろ、向き合え、と言われるのかもしれない。

「あんた、あの時――あたしらとはぐれた後、何してた？」

ベルカナは時々厳しい。だがその厳しさも彼女の優しさのひとつだ。誰も踏み込めないところに踏み込む役目をかって出てくれる。そして、そう言いながらも話を聞いて、最終的には受け入れてくれる――導いてくれる。

その、はずだ。

男性陣よりはもう少し、信用できるかもしれない。

心臓が震える。

もしかしたら、今の悩みに、解決の糸口を与えてくれるかもしれない。

唾(つば)を飲み込んでから、ユングヴィは口を開いた。

三年前――エスファーナ陥落を、思い出す。

「……私は、地下水路(カナート)に逃げたよ」

少しずつ、確かめるように、話し始めた。

「私には何にもできなかった、ただ逃げてばっかりで地上にいなかったから。そうだ、私の分サヴァシュが戦ってくれたんだよ。私がすべきだったことを、私はあの時、サヴァシュにやってもらったんだ。あの時は、サヴァシュに救われた、って思ってる」

それから、小声で付け足す。

「みんなの前では、ちょっと、言えないけど」

そんなユングヴィを、ベルカナはやはり否定しなかった。

「みんなの前で言ってもいいのよ」

「そうかなあ」

「サヴァシュについてはあんたの言うとおりよ。あの子があの時西を切り捨ててエスファーナに戻ってきてくれなかったら、エスファーナはもっと悲惨なことになっていたかもしれない。あの子はエスファーナの救世主だわ」

三年前、西部にいたサヴァシュが早々に引き揚げてこなかったら、被害はさらに拡大していただろう。王都エスファーナはアルヤ王国どころか世界の中心で百万都市だ。アルヤ王国の富の源泉だった。どんな都市に代えてでも守らねばならなかった。

「フェイフュー殿下をお助けする時間だってあの子が作ったようなものでしょ。あの子が最後にひと暴れしてくれたおかげで、あたしたち杏軍も時間を稼げた。エスファーナの住民も相当数避難できたわ。あの子自身は本当は市街戦なんてやりたくなかったでしょうにね」

胸が激しく痛んだ。

それは、本来、赤軍の仕事だ。

自分はそれを、放り出した。

「だからと言って赤軍が役に立ってなかったとは言わないわよ」

ユングヴィは目を丸くした。

「誰もそんなことは言ってないでしょ」

「ベルカナ」

「みんなわかってはいるのよ。でも、誰にも言えないの」

ベルカナの長い睫毛(まつげ)が頬に影を落とした。

「みんな、ユングヴィを助けられなかった、って、思ってるのよね。あんたはがんばってたのに誰も褒めてあげられなかった。あんたが本当は何を思って何を感じてどうしたかったのか誰も聞いてやれなかったわ。だから、あんたの前では、何にも言えなくなっちゃうのよ」

優しい声で「ねえユングヴィ」と投げ掛ける。

「教えてちょうだい。あんたはあんな乱戦の中どこに向かったの？」

ベルカナは穏やかな目で自分を見ている。しかし逃げることは許されない。まっすぐ、真正面から、見つめられている。

ユングヴィはうつむいた。

少しでも逃れたかった。

「ごめんなさい」

「勘違いしないで。あたしたちは怒ってなんかない。誰ひとりとしてね。言ったでしょ、みんな後悔してるの、あんたをひとりにしたことを」

「しょうがないよ、あの時はみんな余裕がなかった、私はひとりでちゃんと自分の仕事をしなきゃいけなかったんだ。だって将軍がほとんどいなかったんだよ？　エスファーナの最前線にいたのは私だけだった」

帝国軍に見つからないよう陰になり日向になり補給物資を送り届けていたベルカナと杏乙女たちは、その光景を黙って見ているしかなかった。剣をとって戦うわけではない、しかも半分くらいはユングヴィと同世代の少女である彼女たちに助けを求めるのは間違いだ。

「ナーヒドとテイムルはまだ将軍じゃなかったし、目の前で自分たちの肉親が死んでた。私に構ってる場合じゃなかった。本当は私がしっかりしなきゃいけなかったんだ」

「そう、そんな風に思っていたのね」

「ナーヒドは偉いよ。あんなに慕って尊敬してたお父さんが目の前で殺されたってのに、涙ひとつ見せずにフェイフュー殿下をお助けした」

「お父さんが亡くなったからでしょ。誰かを、何かを、守りたかったんでしょ。フェイフュー殿下がいらっしゃると思えば強くいられたんでしょ」

それは、自分もだ。自分も、ソウェイルがいたから、走り続けられた。逃げることにも肯定的になれた。ソウェイルのためだと思えば誰かを裏切ることになってもいいとすら思った。

それを口に出すことができない。

「あんたはどうやって生き延びたの」

ベルカナが繰り返した。

「あんた、三年前に変わったわね。もともと本音は言わない子だったけど、もっと堂々と隠し事をするようになったわ」

動揺のあまり顔を上げた。ベルカナはなおもまっすぐユングヴィを見ていた。

「あたしたちのせいだと思うわ。だからこそ、教えてちょうだい。何をしたらあたしたちはあんたの貴重な三年間を取り戻せるのかしら」

言葉が出ない。

「あの時、あんたは、何を見たのかしら。何をしたのかしら。そしてそれは、あたしたちには言えないこと？」

ベルカナの目を見ることができない。

「あたしたちのこと、そんなに信用できない……？」

ユングヴィには、ただ、茶を飲むことしかできなくなってしまった。

さすがのユングヴィも、こんな状況で、ソウェイルと引き離さないでくれると思えるほどにはみんなを信用することはできない、と言えるほど馬鹿ではない。

「……お菓子、おいしいね」

ベルカナが溜息(ためいき)をついた。

そして、その日がやってきた。

蒼宮殿は天井が高い。地面と垂直の壁部分だけでもエスファーナで一般的な三階建ての集合住宅より高さがある上、ドームの部分まで加えると太陽に届きそうだ。屋根の頂点の尖(とが)った部分に太陽が来ると、建物が太陽を支えているように見える。その様子が蒼宮殿の神聖性を強調している。

　敷地内南側に位置する大講堂は、中でも最大のドームを使っている。成人男性の身長よりもはるかに大きな窓が二階分上下ふたつ縦に作られており、日中は火を燈さなくても明るい。床には百人の職人が同時に織ったという国内最大のアルヤ絨毯が敷かれている。壁には蒼、碧、白、金の組み合わせの蔓草紋様が描かれたタイルが張り巡らされていて、二千年の伝統をもつアルヤ芸術の何たるかを万人に示していた。

　そんな大講堂を、人が埋め尽くしている。床の絨毯が見えなくなるほどの大人数だ。数百人単位の人間がそれぞれ深刻な顔で近くにいる人間と話をしている。おおかたはアルヤ人の衣装、襟のあるシャツに丈の長いベストを合わせた服装で、思い思いに帽子をかぶったりターバンを巻いたりしている。大貴族の当主たちやかつての王の重臣たち、アルヤ軍の幹部たちである。

　広間の中央、そこだけ避けるように空けられた隙間の真ん中で、ナーヒドとテイムルが向かい合っている。

「読むよ。一通目」

　白将軍の正装——白い生地に金糸で太陽の紋章を刺繍した外套をまとい、白銀の神剣と短剣を佩いたテイムルが、眉間にしわを寄せながら一通目の文を開いた。

「『遅刻します。どう考えても間に合わないです。言い訳はしません。いつか挽回するので堪忍してください』。東部軍管区より、黄将軍名義」

蒼将軍の正装——蒼い生地に金糸で太陽の紋章を刺繍した外套をまとい、太陽の色の神剣と短剣を佩いたナーヒドが、眉間にしわを寄せながらティムルが読み上げる文の内容を聞いている。

「どうせ酒を飲んでだらだらしていたのだろう。一度制裁を加えてやらねばならんな」

「気持ちはわかるけどこれ以上将軍が減ったら困るのでやりすぎないようにしてね。二通目」

ティムルが二通目を読み上げた。

「『将軍が風邪をひきました。熱が高いので途中の宿場町でしばらく休憩します』。南部軍管区、橙軍の副長から」

「体調管理くらいできんのか」

「橙将軍はまだ子供だから仕方がない。三通目」

ティムルが三通目を読み上げた。

「『北方の遊牧民が騒がしいので様子を見てきます。終わり次第すぐに向かうので間に合うと思います』。北部軍管区より、緑将軍名義」

「間に合っていないな」

「間に合っていないね」

ナーヒドが、頭にかぶっていた蒼い帽子を取り、自らの黒髪を掻きむしった。

「まあ、落ち着いて」

「しかも地方四部隊は将軍も四人いるのに来た手紙は三通か？」

白軍の隊服を着た少年が人を掻き分けるようにして二人のそばに出てくる。テイムルが「どうした？」と優しく声を掛ける。少年が文を差し出す。

「将軍宛に急ぎの文です」

テイムルはナーヒドと顔を見合わせてから受け取った。

「ありがとう、下がっていいよ」

文を開く。少年が人々の間に戻っていく。

「四通目来ました。『あと二日でエスファーナにたどりつくわけがないでしょう、クソ野郎ども』。西部軍管区より、翠将軍名義」

「あの小僧、今度という今度こそ——」

「当たり前じゃないの。反対でしょ、あんたたちが怒るのは筋違いで、あの子たちの反応のほうが正しいわ」

ベルカナが声を上げた。機嫌の悪いナーヒドとテイムルの間に入りたくなくてずっと二の足を踏んでいたユングヴィの後ろから、だ。

二人の視線がこちらに向いた。

ユングヴィは喉を詰まらせた。ナーヒドとテイムルの表情は険しい。矛先が自分に向いたらどうしよう——そんな心配も束の間ベルカナが前に歩み出る。

「どういう意味だ」

今日の彼女は頭から靴まで黒一色、口元を隠す襟巻だけが薄紅色という地味な装束をまとっている。普段とは打って変わって肌の露出はほぼない。腰には珍しく薄紅色の神剣を携えている。

「少しは考えなさい。フェイフュー殿下の王位継承を認められてから今日の公式発表まで、たったの一週間しかなかったじゃない。一週間って、一番近い北がぎりぎりになるような距離よ。東西が期日までにたどりつけると思う？」

三人のやり取りを無視して、ユングヴィは自分の服装を見下ろした。

ユングヴィだけは普段どおりの服装をしていた。赤軍に制服がないためだ。

市街地での潜伏を主な活動内容とする赤軍には、目をつけられそうな統一された衣装はない。

脚絆に革のブーツ、赤地に特に意味のない銀糸の刺繍の上着だ。

赤軍だけは、どうしても、恰好がつかない。

その職務上仕方のないことだ。わかっているからこそナーヒドもテイムルも指摘しないのだろう。だが、整然と並ぶ白軍隊士たちや蒼い徽章を身につけた蒼軍幹部たち、ベルカナに付き従う杏乙女たちの揃いの衣装を見ていると、ユングヴィは劣等感を抱いてしまうのだ。

自分が赤将軍になった以上は、自分の部隊である赤軍をなんとかしたい。赤軍の荒くれどもをまとめることのできる力強い将軍になりたい。けれど今はまだこれからの課題にしておく。軍の要人としての務めの何たるかは深く考えない。

今専念すべきはソウェイルの進退だ。

なにせ、今日はこれからフェイフューが次の太陽として名乗りを上げる日だ。これが済めばいよいよソウェイルの立場はなくなる。

「あたし、東は本気で焦ってこっちに向かってるとこだと思うし、南は無理に馬を飛ばして途中で力尽きたんじゃないかと思うし、西は本当に一昨日報せを受けて泣く泣く諦めてるんだと思うわ。でも間に合わない。それがウマルの狙いなのよ」

ナーヒドとテイムルが目を丸くした。

「まさか北も帝国が足止め工作を――」

「ありえるわね」

一度深呼吸をしてから、おそるおそる三人に近づいた。そんなユングヴィに対しては三人とも何も言わなかった。

「帝国側からしたら、あたしたちが揃わないことに意味があるんでしょう」

テイムルが口元を押さえる。ナーヒドが拳を握り締める。

ユングヴィはベルカナに耳打ちする形で話しかけた。

「えーっと、どういうこと？　私たちが揃わないこと？」

襟巻を緩めて、ベルカナが唇をゆがめながら答えた。

「あたしたち、実態はともかくとして、一応、軍神様ということになっているじゃない。十神剣、っていう立派な肩書きがあるじゃない。太陽と民をつなぐ、仲立ちをする、っていう、御大層な務めが」

「うん、それが？」

「太陽を守護しているはずの軍神たちが、次の太陽が昇るというその日に半分もいない、って。民はいったいどう思うと思う？　まったく足並みが揃わない軍神たちに対して――あたしたちは東西南北がどんな連中か知ってるからこんな風に怒るだけで済むけど――将軍になる前のことを思い出してごらんなさい」

さすがのユングヴィも眉をひそめた。

「太陽のこと、大事じゃないのかな、って、思うかな。あんまり頼りにならないな、とか」

「そういうことよ」

ユングヴィは背筋が寒くなるのを感じた。

太陽が頭上高く輝いているからこそのアルヤ王国だ。太陽がないだけでこの三年間サータム帝国に誰も抗わなかったくらいだ。その太陽を眷属である十神剣が蔑ろにするなどあってはならない。しかも、形の上だけとはいえ、十神剣はアルヤ王国の武力をも示している。その十神剣が背けば、アルヤ王国軍は息を吹き返さない。太陽は武力を取り戻すことができない。

このままでは太陽が昇れない。アルヤ王国はよみがえらない。

「迂闊だったわ。さすがに地理は根性だけじゃどうにもならないわよ」

ナーヒドが奥歯を噛み締めている。

「どうしてこうなることを考えずに一週間後で了承しちゃったのかしら。あたしがもう少し早く気づいてたらどうにかしてくれた？」

テイムルが「ごめん」とこぼした。

「ウマルに言われるがまま直近の日時で決めてしまったよ。王位の空白期間は短ければ短いほどいいと思い込んでいたから」

「あんたも報告や相談がへたくそね。ちょっと考えたらわかることでしょうよ、『蒼き太陽』がお隠れになって以来えらくぽんこつになったわ」

「本当に申し訳ない」

「せっかくの次の太陽が台無しになりそう」

ラッパの音が鳴り響いた。直後太鼓が叩かれ始めた。軍楽隊の音楽だ。エスファーナ駐留のサータム帝国軍の楽隊の仕業だ。

始まった。

ナーヒドとテイムルが苦虫を噛み潰したような顔で正面を向いた。ベルカナも二人の前からナーヒドとテイムルの間へ移動した。ユングヴィは頭の中身がぐらぐらと揺れるのを感じながらナーヒドとベルカナの間に入った。

控え室の緞帳が持ち上がった。サータム人の兵士たちが儀式用の槍を恭しく掲げて出てきた。

兵士たちに守られ、砂漠に住まいらくだを駆る遊牧サータム人の民族衣装を着た――眩しいほど白い貫頭衣をまとい、同じく白いクーフィーヤと呼ばれる頭巾をかぶった、浅黒い肌の男が現れた。口ひげと顎ひげは短く整えられている。年の頃はすでに中年のはずだが、太く濃い眉の下で輝く瞳はつらつとして見える。

この男こそ、サータム帝国アルヤ属州総督ウマルだ。

「控えよ！」

「頭が高い！」

兵士たちが叫ぶ。軍楽隊の音がひと際高まる。

テイムルが膝をついたのを皮切りに、ナーヒドとベルカナも膝を折った。ユングヴィもまた目線はまっすぐ前にやったまま三人に続いて身を屈めた。

「ウマル総督のおなり！」

ユングヴィの緊張も高まる。自然とウマルの武装に目が行く。腰にサータム人男性特有の短剣（ジャンビーヤ）を差しているだけの文官だが、鍛えているのかその体軀（たいく）は筋骨隆々として見えた。

一同を見渡したのち、ウマルが片手を挙げて微笑んだ。

次の時だ。

緞帳の向こう側から、小さな影が出てきた。ウマルと揃いの白い貫頭衣（カンドウーラ）を着た子供だった。

ユングヴィは自分の目を疑った。

その蒼い瞳の色は、間違えようもない、アルヤ民族の太陽の子供のものだ。

フェイフューが、遊牧サータム人の民族衣装を着せられている。

「殿下」

隣でナーヒドが立ち上がろうとした。神剣を抜こうとしたのか、かすかに金属の音もした。テイムルの「だめだナーヒド」と制する声が聞こえてこなかったら、ナーヒドはウマルに斬りかかっていたかもしれない。

テイムルはなぜナーヒドを止めたのだろうとユングヴィは思った。斬って捨てればいいのにと、ユングヴィは思ったのだ。

アルヤ王国の王子がサータム人の民族衣装を着せられている。

それは、アルヤ王国の王子が、サータム人のものになったということだ。

「うーむ、可愛いね」

ウマルがフェイフューに手を伸ばす。フェイフューが立ち止まる。先日会った時は素直そうな子だと思ったが、今は顔じゅうで不快感を表現しながら首を横に振っている。きっと自分が何をさせられているのかわかっているに違いない。賢い子だ。

ウマルはあえて一歩下がった。嫌がるフェイフューを強引に抱き寄せ、自分の前を歩かせた。

そして、頭を撫でた。

「なかなか様になっている。君たちもそう思わないかい？」

手が震える。

ウマルが本来太陽の座るべき玉座に腰を下ろした。左手ではフェイフューの腰を抱えている。フェイフューが座ることはない。ウマルの傍らに立たされたままだ。

これ以上の侮辱はない。

ウマルが右手を挙げると、軍楽隊の音が止まった。

「今日は素晴らしい日だ」

ウマルの朗らかな声が響いた。

「我らがサータム帝国の皇帝陛下がアルヤ王をお認めになる。アルヤ王国の再興をサータム帝国皇帝がお約束なさるのだ。これでアルヤとサータムの絆もよりいっそう固くなるだろう。神は偉大なり」

吐き気がした。

三年を経てやっと自分たちが今置かれている立場を理解した。

自分たちは歯向かえない。王を戴くことも――太陽にひざまずくことも――主を選ぶことも、自分たちには許されていない。

ユングヴィはたった今ようやく思い知った。

暴力を受けることだけではない。略奪を受けることだけではない。

こういう侮辱を受け入れなければならないことこそが、属国になるということだ。

「いやあ、良い日だ。実に良い日だね」

ウマルの機嫌のよさそうな声を聞くたびにはらわたが煮え繰り返る。

アルヤ人の要人たちがざわめき出した。

サータム帝国から来た総督と兵士たちは壇の上にいる。アルヤ人の要人たちはみんな壇の下にいる。

ここはサータム帝国領アルヤ属州であって自分の生まれ育ったアルヤ王国ではない。

「終わったな」

誰かがそうささやいた。その声からは諦めが感じられた。

ウマルがフェイフューの背を撫でた。フェイフューが肩を縮こまらせた。

「どうしてそこまでがっかりしているのかね」

目を細め、大ぶりの宝石がはめ込まれた指輪の数々を見せびらかす。

「アルヤ国はサータム帝国の傘下に入ったのだ。これから先はどの国がアルヤ国に攻め入っても帝国は全力でアルヤ国を守るだろう。アルヤ民族のこの小さな王子様も我々サータム人が全力で守ってさしあげる。これで安心だね、何もかもが安心だね。我々のものになった以上は、アルヤ民族は未来永劫安泰なのだ」

この国はサータムのものなどではない。

アルヤ王国は自分たちの太陽のものだ。

アルヤ王国は自分たちの太陽の──『蒼き太陽』のものだ。

「フェイフュー殿下……っ」

「なに、心配ないさ」

歯軋りをしたナーヒドへと、ウマルが手を振る。

「将軍になってまだ三年の若者二人と女性二人では、不安ではないかい？　何もかも私に委ねるといい」

我慢できない。

こんな国のために——サータム人のアルヤ属州のためになど戦えない。

自分は将軍だ。神から——王から賜った伝説の神剣を抜ける選ばれた人間だ。

王のため、太陽のために、戦うことを宿命づけられているはずだ。

サータム人の支配者は太陽ではない。自分たちの上に立つ存在として認めたくない。

アルヤ人にこんな屈辱を味わわせることになってしまったのは、自分たち十神剣が情けないからだ。

しかしだからこそ今だと思った。

ユングヴィは立ち上がった。

アルヤ人に希望を持たせるためには、今こそユングヴィが決断して期待に応えるべきだ。

そうであれば一刻も早く大講堂から脱出したい。

どよめく人々を掻き分けた。アルヤ人かサータム人かにかかわりなく目の前にいた人を軒並み押し退け、突き飛ばした。人間だけでなく衝立など行く手を阻むものすべてを視界から薙ぎ倒した。ティムルの「ユングヴィ」と怒鳴る声も耳に届いたが無視した。

出入り口を守っていた白軍隊士たちが手を伸ばしてきた。ユングヴィは難なくかわして滑るように大講堂を出た。

回廊の柱の間を抜け、庭の芝生を蹴り、芝生を潤すために設けられた溝の流れも飛び越えて走った。

軍の施設を横目に蒼宮殿の敷地を突っ切った。

このままサータム人たちの好きにさせてはいけない。

生きる理由を失うのは十神剣だけではない。アルヤ人全体が王を戴く自由を認められなくなる。

アルヤ国のみんながサータム人たちの指示どおりに生きる未来が待っている。

サータム帝国の操り人形としてのアルヤ人——それは奴隷とどう違うのか。

ユングヴィは今までずっと奴隷とは暴力を受けて生きる存在なのだと思っていた。

本当は違うのだ。きつい労働をさせられることだけではない。鞭で打たれることだけではない。もっとわかりにくくてややこしくてつらい状況がある。

今の自分たちはきっと奴隷と一緒だ。

ユングヴィは後悔した。

なぜもっとよく考えなかったのだろう。

テイムルやナーヒドやベルカナはわかっていたのだろうか。サヴァシュや東西南北の将軍たちはわかっていたのだろうか。

敗北するということは——アルヤ王国が失われるということは、そういうことだったのだ。

だが、それに気づいた瞬間、かえってすべてのかけらがひとつにまとまった時のように頭の中がすっきりした。

アルヤ王国が希望を取り戻す方法はある。

そのために自分にできることがたったひとつだけある。

人間は希望さえ失わなければ強くいられる。

小屋のような我が家が見えてきた。

すぐさま戸を開けて大きな声を上げた。

「ソウェイル！」

ソウェイルが奥の戸から顔を出した。

髪が蒼い。空を染める偉大な太陽の色だ。

『蒼き太陽』が地上に遣わされた時、アルヤ王国は太陽に繁栄を約束される。『蒼き太陽』がある限りアルヤ王国は滅びない。

玉座に座るべきなのはこの子だ。国に希望の光を燈すのはこの子だ。

自分が戦い続ける理由はこの子だ。

腕を伸ばした。強く抱き締めた。

「ユングヴィ？」

腕の中でソウェイルが首を傾げる。

「どうしたんだ？　今日はだいじな式典があるんじゃなかったのか？」

ソウェイルが、温かい。

今のアルヤ王国に必要なのはこの温もりだ。

その場で膝を折った。目線がソウェイルの目線の高さになった。

ソウェイルと正面から向き合った。そして、右手で彼の左頰を、左で彼の右頰を、それぞれ包んだ。

この子以外の何かのために戦いたくない。

「ソウェイル、よく聞いて」

彼が神妙な面持ちをする。

「ソウェイルにお願いがあるんだ」

「なに？」

「アルヤ王国の王様になって」

蒼い瞳が真ん丸になった。

「お願いソウェイル。今すぐ一緒に大講堂へ行こう。みんなが待ってる。みんながソウェイルのこと待ってる」

彼の「言ったの」と訊ねてくる声が震えている。

「ユングヴィ、みんなにおれのこと話したのか」

　ユングヴィは首を横に振った。

「でもみんな一目ソウェイルを見ればわかるよ。アルヤ人はみんな『蒼き太陽』のためなら戦える――『蒼き太陽』があるって思えればがんばれる。『蒼き太陽』が王様になればアルヤ王国が豊かになるってみんな信じてるんだから」

　次の時、ユングヴィは胸の奥が冷えるのを覚えた。

「それ、本気で言ってるのか」

　いつの間にか、ソウェイルの蒼い瞳が凍りついていた。

「ユングヴィだけはちがうと思っていたのに」

「ソウェイル？」

「おれのかみが蒼いから、何なんだ？　かみの色ってそんなに大事なことなのか？」

　うつむきながら、「父上も母上も言ってた」と呟いた。

「この色に生まれただけなのに。おれ、フェイフューよりよくできること、何にも、本当に何にもないのに。なのになんでみんなおれにぜったい王さまになってって言うんだ」

「それは――」

「『蒼き太陽』って何？　アルヤ王国の王さまって何？　おれが王さまになったらな

にか変わるのか？」

ソウェイルの大きな目から一斉に涙がこぼれ落ちた。

「おれはキュウデンにもどりたくないのに――ずっとユングヴィといたいのに」

言葉が出てこなくなった。

「おれはどれくらいがまんすればいいんだ？　おれが何をして国がどうなったらみんなまんぞくするんだ？　どうしたらみんなもういいよって言ってくれるんだ……？」

ソウェイルを抱き締め直した。その顔を自分の胸に押し付けさせた。

「おれ、他のことなら何でも言うこと聞く。ずっとおるすばんでもいい。ご飯も作るしせんたくもする。けどここから出てくのはいやだ」

血反吐（ちへど）を吐くかのような声で言う。

「ずっとユングヴィといっしょに暮らしてたい。王さまになんかなりたくない……！」

普通の子供だ。まだ九歳の、ようやく自分というものをもち始めたばかりの子供だ。髪が蒼いだけで時を戻せるわけでも死者をよみがえらせられるわけでもなかった。

そして、誰よりもユングヴィがそれを知っているはずだった。

自分はこの子にとんでもないことをさせようとしている。

「フェイフューがいるんだろ」

ソウェイルがしゃくり上げる。

「フェイフューにやらせればいいだろ。おれはいやだ。おれはずっとここにいる」

ようやくわかった。

ソウェイルにとっては蒼宮殿で暮らしていた六歳までのほうが我慢の連続だったのだ。この狭い家の中に閉じ込められている今より、蒼宮殿で『蒼き太陽』として暮らしていた三年前のほうが、ずっと窮屈で苦痛だったのだ。ソウェイルはここに来てから自由を感じているのだ。

それならなおのことよくないと思った。ソウェイルをここから出して本物の自由というものを感じさせてやりたい。

しかし今出すのか。どこに出すと言うのか。

ソウェイルを『蒼き太陽』としてしか見ることのできない人々の前に出すのか。

ソウェイル自身が泣いて嫌がっているというのに、他ならぬ自分が、彼を『蒼き太陽』として扱うのか。

「でも――」

ウマルの得意げな顔を思い出す。あの男は今も蒼宮殿の玉座に座って待っているはずだ。

ユングヴィは何が何でも嫌だった。

あの玉座はソウェイルのものだ。今すぐ取り戻したい。ソウェイル以外の何者にも渡したくない。

それが王の望みであり王妃の望みでもあり神剣の望みでもあり、何より、自分自身の望みにもなった。

今なら国の重鎮たちが蒼宮殿の大講堂に集っている。ウマルを始めとしてアルヤ国を治めるサータム帝国の要人たちも全員揃っている。今が『蒼き太陽』はここにいると名乗りを上げる絶好の機会だ。

けれど、ソウェイルは泣いている。

彼は、それが、嫌なのだ。

彼自身の意思とみんなの期待のどちらが大事なのか。彼自身の喜びや悲しみとみんなに応えたいユングヴィの気持ちのどちらが大事なのか。

だが、これが、ソウェイルの存在を全世界に周知する絶好の機会なのだ。

他でもなく、ソウェイルのために。

この子は、ここから出て、本当の自由を探すべきだ。

「ごめん、ソウェイル」

ユングヴィの腕の中で、ソウェイルが首を横に振った。

「私は――私が、ソウェイルのために戦いたい。アルヤ王国はソウェイルのものだと思ってる、ソウェイル以外の人が好き勝手してる今のアルヤ国は私たちのアルヤ王国じゃない、私は今のアルヤ国のためにはがんばれない。この国はソウェイルのものだと思えれば私はがんばれる」

　身が引き千切られるように痛い。

「この国は私のソウェイルのものなんだ」

　この三年間養い育ててきた愛し子。

「私のために」

　華奢な肩を強く抱き締める。

「私のために王様になって」

　ソウェイルの泣き声がいっそう大きくなった。

　けれど、彼は頷いた。

　ユングヴィの腕の中で確かに首を縦に振った。

「わかった」

　嗚咽と嗚咽の狭間で苦しげに言う。

「ユングヴィがそこまで言うなら。おれ、ユングヴィのために王さまになる」

「ソウェイル」

「三年間、ずっとずっとずっと、おれを守ってくれた。かみの毛の色なんて忘れるくらいに、ずっとずっと、そばにいてくれた。だから――ユングヴィがどうしてもおれに王さまになってほしいって言うんなら」

濡れた蒼い瞳が、ユングヴィの目を見る。

「おれ、王さまになる」

愛しく尊い色だ。かけがえのない色だ。

「ほんとはいやだけど。ユングヴィのためなら。おれ、がんばる」

これから先、ユングヴィにとってだけでなく、すべてのアルヤ人にとって愛すべき存在となる色だ。

この国に生きるすべてのひとがソウェイルを愛してくれるに違いないのだ。

「かみの毛が蒼いから王さまになるんじゃない。ユングヴィがどうしてもって言うから王さまになるんだ」

そうして、最後に、彼は付け足した。

「でもひとつ、約束して」

「なに？」

「これからも、ずっとずっと、そばにいて。ずっとずっと、おれを守ってて。おれがまた自分のかみの毛の色がいやになっても、ユングヴィだけは、ずっとずっと、おれの味方でいる、って。約束してくれ」

ユングヴィは即答した。

「約束する」

そしてまた、抱き締めた。

「私が一生ソウェイルを守る。ソウェイルが王様になるまでずっとそばにいるし、ソウェイルが王様になっても、自分に何ができるか、しっかり考えていくから」

大講堂が静まり返った。

その場にいる全員の視線が自分たちに集中するのを感じた。視線が矢のように降り注いで全身に突き刺さる。

それでもユングヴィはたじろがなかった。ソウェイルの手を強く握り締めたまま床をしっかり二本の足で踏み締めて立った。

サータム兵たちが槍の切っ先を向ける。

左手でソウェイルの手を握ったまま、右手を神剣の柄にかけた。

危険も承知の上だった。

さすがのユングヴィにもわかっていた。サータム人にとっては髪の色などどうでもいいことだ。危険のひとつとして排除すべきだと考えることもあり得る。

だが、ユングヴィは今度こそ負ける気がしなかった。

ソウェイルを守るためなら何でもできる。ソウェイルがそばにいれば強くいられる。

ましてここにいるのは敵だけではない。アルヤ人はみんな蒼い色が神聖な色だと思っている。

壇上でウマルが目を丸くした。深く腰掛けていた玉座から上体を持ち上げ、こちらに身を乗り出した。

その隙をついて、フェイフューがウマルから離れた。こちらへ向かって一直線に走り出した。

「兄さま!!」

サータム兵たちもフェイフューの突然の行動に驚いたらしい。彼らが身を引いて道を開けた。フェイフューがその間をくぐるようにして広間の中心に躍り出た。

ユングヴィはソウェイルの手を離した。ソウェイルもまたフェイフューに腕を伸ばそうとしたのがわかったからだ。

フェイフューが腕を伸ばして跳びついた。

「兄さま」

「フェイフュー」

双子が固く抱き合う。

「だから言ったでしょう!」

涙声で叫ぶ。

「絶対絶対兄さまはどこかにいらっしゃると言ったでしょう、兄さまは生きておいでだとずっと言っていたでしょう」

「本当に？　フェイフュー、おれのこと、わすれてなかった？」

「もちろんです！」

フェイフューが「お会いしたかったです」と言うのにソウェイルも「おれも」と返した。

「会いたかった……！　ずっとずっと、会いたかった」

「やっと会えました……！　やっと、やっと会えました。やっと」

サータム兵たちが動き出した。

ユングヴィもソウェイルとフェイフューをかばって一歩前に出た。ふたたび柄に手を伸ばした。

フェイフューもソウェイルを抱き締めてサータム兵たちをにらみつけている。それを横目で見たユングヴィは心の中でフェイフューは頼りになると頷いた。

ユングヴィから見て奥のほう、壇に程近いところにいるサータム兵の間から声が上がった。

何者かがサータム兵たちを薙ぎ倒している。

クーフィーヤの向こう側で黒髪の頭が動いている。徐々に近づいてくる。

サータム兵たちの輪の中、ユングヴィの目の前まで来た直後、神の刃の放つ蒼い光が宙に散った。

ナーヒドだ。

「あとでたっぷり絞ってやるから覚悟しておけ」

不思議と怖くなかった。ユングヴィは笑って「楽しみにしてる」と答えた。

次の時、ナーヒドとユングヴィの間に割り込んできた者があった。テイムルだ。

彼もためらいなく神剣を抜いた。白銀の刃が薄暗い広間の中明るくきらめいた。

「太陽のために生き太陽のために死ぬのは白将軍の仕事なんだからね。僕から仕事を奪わないでくれるかな」

最後、どこからともなく忍び寄ってきた影がやはりユングヴィの隣に立った。神剣の柄に手をかけ、薄紅色の刃をわずかに覗かせる。

「言わんこっちゃない」

「ベルカナ」

「もっとあたしたちを信用しなさいって言ったのに――何の相談もなくこんなこと、まったく、あんたって子は」

サータム兵たちが槍を構え直そうとした。

しかしもはや止められなかった。

周囲を固めていたアルヤ兵たちがそれぞれ剣を抜いた。文官たちまでもが短剣を抜きながら詰め寄ってきた。

「『蒼き太陽』だ」

「『蒼き太陽』を帝国の狗どもに渡すな」

「我らが『蒼き太陽』の御為に」

人の波が押し寄せてくる。サータム兵たちが外に向かって槍を掲げる。

金属と金属のぶつかる鈍い音が響く。

もう止められない。

蒼宮殿の中だけの話ではない。アルヤ王国における太陽とは、国全体を揺り動かす大きな力をもった存在だ。

このままサータム帝国を押し流せる。

ユングヴィも神剣を抜こうとした。

「やめないか」

そこで止めたのはウマルだった。

「待ちなさい。双方とも引きなさい」

玉座から下りたウマルが、こちらに歩み寄りながら大きな声を張り上げた。

「双方とも武器を下ろしなさい。この場で争うことはこの私が断じて許さない」

サータム兵たちが槍を下ろした。かしこまった態度で引く。そうしてできた花道の真ん中をウマルが歩いてくる。

「ふむ、本当に蒼い髪の子供がいたのだね」

距離を保ちながらも、ナーヒドとティムルが剣を構え直した。そんな二人に向かってウマルは手の平を見せた。

「少し話をしないか」

ウマルは、短剣(ジャンビーヤ)を佩(は)いてはいるものの、その柄に手をかける真似はしなかった。両の手の平を見せたまま穏やかな笑みと足取りで近づいてきた。

サータム兵が数人ウマルに駆け寄る。先頭を行った青年がウマルに何かを話し掛ける。サータム語らしくユングヴィには聞き取れない。けれど、彼らが真剣な表情で何らかを訴えていること、それを遮るようにウマルが何事かを怒鳴ったことはわかった。兵士たちはウマルの傍らにひざまずいて首(こうべ)を垂れた。

それが皮切りだった。

周辺にいた他のサータム兵たちも次々と武具の類(たぐい)を納め始めた。

ある者は槍の尻(しり)を床につき、またある者は刀を鞘(さや)に納めて、空いた手を腰の後ろにもっていって戦闘の構えを解き始めた。

ウマルが告げた。

「これ以上相争うことは私の本意ではない」

こちら側で初めに剣を下ろしたのはナーヒドであった。鞘に納めこそしなかったが、柄から片手を離して、切っ先を床に向けた状態で一歩前に歩み出た。

「そのお言葉は確かか」

「もちろん」

ナーヒドが細く息を吐く。

「明らかな敵意のない相手に暴力をもって対応するのは善良なアルヤ人の振る舞いではない」

ウマルが微笑む。

「君こそ本物のアルヤ紳士だ」

ナーヒドはあからさまな舌打ちをした。ただし剣を構え直すこともしなかった。とはいえ柄から手を離すことはしない。いつでもふたたび振りかぶれる。

今度ばかりはユングヴィも肩の力を抜かない。ここにはソウェイルがいる。いざその時になれば自分が率先してウマルを斬らねばならない。

「どのようなお話ですか」

テイムルが普段は温厚な彼らしからぬとげとげしい声で言った。

「このとおり、我々には我らが太陽に剣を向ける者と対話する用意はございません」

ナーヒドが溜息をついた。

「俺にはこの白将軍に代わってアルヤ軍の代表者として総督とお話しする覚悟があるが、王子たちに何かあれば他のアルヤ人が事を構えることについてとやかく言わないつもりだ」

「ご安心召されたい。繰り返すが、私はこれ以上アルヤ人とサータム人が相争うところを見たくない。もしもこの場で君たちの王子様たちに危害を加える者があれば、ただちに、その者とその者の上官の首を刎ねよう」

ウマルは真剣な顔つきだった。

「我々サータム人の神は常に善良な言葉のみを口にするよう説いている。神の代理人たるサータム帝国皇帝より全権を委任された私が神に背くことはない」

「貴様らの神を——」

「文明国アルヤの誉れ高き軍神がよそで仰がれる神を侮辱するのかね？」

とうとう、テイムルもナーヒドも神剣を鞘に納めた。

「ありがたいことだ」

ウマルが目を細めた。

「私の言葉は皇帝の言葉であると思って聞いていただきたい」

何ら臆することなく話を続ける。

「何度でも言おう。サータム人とアルヤ人がこれ以上相争えば双方とも不利益を被る」

テイムルが促すように「双方とは？」と問い掛ける。

「我々サータム人はアルヤ人が憎くてこのようなことをしているわけではない。むしろ逆だ。我々が欲しているのはアルヤ王国の豊かさだ。物質的な財産のことではない、金銀の富ならばサータム帝国も、いや帝国のほうがずっと世界中から掻き集めた宝物を貯め込んでいる。だからそうではない」

そこでひと呼吸置く。

「我々はアルヤ民族の積み重ねてきた長い歴史とその中で生まれてきた潤沢な知識と知恵こそ金銀財宝に勝る富だと考えている。おそらく君たちが思っている以上にアルヤ王国を高く評価している。ぜひとも帝国に迎え入れたい。だが、余計なことをされるのは困る――我々は君たちアルヤ人、特に軍神と呼ばれる十神剣がするであろう余計なことをとても恐れている」

滔々と語り続ける。

「君たちアルヤ人にとっても損することばかりではない。アルヤ国はサータム帝国という強力な後ろ盾を得るだろう。西洋諸国やラクータ帝国、大華帝国とも伍することのできる保護者だ。今までよりももっと楽な商売ができるようになる。この先どこかにまたむしり取られる心配をすることもなくなる。帝都にはアルヤ系の血を引くサータム人など掃いて捨てるほどいるが、彼らが特別に不自由な暮らしをしていることはない――むしろその出自を利用してうまい商売をしてすらいる。君たちの忠誠を確かめることができれば、帝国の中枢、皇帝のそば近くに席を設けることさえ約束できよう。いつ果てるとも知れぬ戦争を繰り返すよりはずっと得策と言えるのではないかね」

ユングヴィにはウマルの言葉がただただ甘ったるいだけに聞こえた。内容まではなかなか頭に入ってこないが、とにかく胡散臭いことだけはわかる。

「何が言いたいの」

呟いたユングヴィへとウマルが苦笑してみせた。

「君たちがサータム帝国の言うことを聞いてくれるのであれば、帝国はどこまでも君たちの味方をしよう、という話だ。商売も戦争も政治も何だって君たちが不安になることは除いてみせよう、と」

何か釈然としない。

テイムルもナーヒドも、ベルカナすら何も言わない。頭のいい人たちには何かわかるのだろうか。だが今度ばかりは難しそうだからと言って逃げるわけにはいかない。ソウェイルの将来がかかっている。

「でも、結局、属国なんでしょ？」

戴く王すら選べない。

「サータム人が選んだ王様のために戦わされることになる」

ウマルは大胆にも片目を閉じて微笑んだ。

「心配はご無用だ、お嬢さん」

ユングヴィが顔をしかめたのに気づいているのかいないのか、彼は陽気な態度で両手を伸ばした。

「おいで、おちびちゃんたち」

ユングヴィの後ろで、ソウェイルとフェイフューが息を止めた。

「おじさんは怖い人ではないよ」

敵意剝き出しの双子の反応を見たウマルが笑った。

「そのためのこの子たちだ」

「どういうことだ」

「我々は君たちの王に譲歩する。約束はけして違えない。二人が成人したあかつきには、どちらかがアルヤ王を名乗れるように手配しよう。サータム帝国はその時に改めてアルヤ王国に姉妹国として同盟を締結するよう要求する」

場が一瞬ざわめいた。

「君たちの王は君たちの自治の象徴なのだね。君たちとともにあれるのであれば我々は君たちにある程度の自由も認めよう。もちろん、余計なことをしでかさない範囲に限らせていただくが」

けれどウマルはまったく意に介さない様子だ。

「私がこの子たちの後見人となろう」

テイムルとナーヒドが再度剣の柄に手をかけたのが見えた。ウマルがそちらに手を振った。

「誤解はしないでいただきたい。君たちが君たちの王をいかに尊んでいるかは今日痛いほど味わわせていただいた。しかし子供には親が必要だ。まして王になる子ならばそれなりの教育が要るだろう」

「貴様にそれを担えるというのか」

「少々力不足かもしれないが、とにかく総督府で面倒を見させていただく。だが君たちにとってとても不都合なことを――たとえば帝国に対して極端に有利なことを言うようにしつけるつもりはない。まあ、多少のおしゃべりくらいは許してほしいが」

「フェイフュー殿下にこのような恰好(かっこう)をさせておきながらよくもぬけぬけと」

「そこまで心配なら君たちも引き続きこの子たちの世話役を続けるといい。王家に関する重大な決定がなされる時は必ず君たちも立ち会えるよう取り図ろう」

ウマルの声はいつの間にか楽しそうな雰囲気になっていた。

「想定外に一人増えてしまったが、むしろおもしろくなってきたというものだ」

「王子がたの身柄を拘束する──わけではなく？」

訊ねたティムルへと手を振る。

「そんなことをしたら国を揺るがすほどの反発を招くということは学んだ」

後ろから小さな声が聞こえてきた。

「いいの？」

ユングヴィは思わず振り向いた。

ソウェイルが大きな蒼い瞳を丸くしてウマルのほうを見ている。

「ユングヴィといっしょにいられる？」

「ああ、いいとも」

「王さまにもなれる？」

「もちろん──と言ってあげたいところだが、二人もいるからね」

そこで彼は人差し指を立てて「ひとつ条件がある」と言った。

「人の上に立つ者は人より強く賢くなければならない。人より愛されるたちもあったほうがいい。何より神のご加護があると思える人物でなければならない」

何を言われるのかわかっていたかのように、ソウェイルとフェイフューがまた小さなその身を寄せ合った。

「サータム帝国の皇帝のやり方を、君たちにも実践してもらうことにする」

誰かが「なんてことを」と漏らした。

「って、どういう――」

「簡単なことだ」

次の時、ユングヴィも絶句した。

「殺し合っていただく。より強く、より賢く、よりうまく兄弟を出し抜けたほうが勝者であり王者だ。二人とも成人する前に。生き残ったほう――もう片方の命を屠(ほふ)って血肉とできたほう。その王子を、帝国は次のアルヤ王として受け入れることにする」

結局ソウェイルは蒼宮殿に引き取られることになった。

ユングヴィは、ソウェイル自身がユングヴィと一緒にいることを望んでいるのだから、と言って、いつもより少し強気に出て抵抗した。しかしウマル総督に反対されたのみならず、テイムルや王族の侍従官たちにまで反対されてしまった。いわく、王になるためにはそれなりの教養が必要で、きちんとした教育を施したいから、とのことだ。そう言われるとユングヴィは弱い。ユングヴィではそういうものは与えてやれない。

最終的にはウマルからこんな言葉を引き出せたので、しぶしぶながらもソウェイルを宮殿に帰すと決意した。

「君はソウェイル王子の後見人として好きな時に顔を見に来たまえ。君たちを完全に引き離す気はない。帝国の人質になったわけではないのだから、お勉強の合間に来て会話をすればいいのだ」

それなら、とソウェイルを引き渡した。ソウェイルが望んだ時にそばにいられるのなら、多少譲歩してやってもいい。

ソウェイルは王になるのだ。ユングヴィの狭い家に閉じこもっていてはだめだ。大勢の人と交流して本物の自由を知るべきだ。

『蒼き太陽』なのだから、きっと大勢の人が愛してくれる。

自分はひとつ楽になったのだ。大きな悩みを解決した。

なのに、この喪失感と不安感は何だろう。

十神剣の部屋にて、テイムル、ナーヒド、ベルカナ、そしてユングヴィの四人が集まった。

からだ。

ユングヴィは少し遅れて部屋に入った。極力十神剣の仲間と一緒にいたくなかった

ソウェイルを隠していたことについて、怒られる、と思った。しかも三年もの間黙っていた。ソウェイルを守るために仕方のない措置だったとはいえ、結果的に騙す形になってしまった。

後悔はしていない。王妃はソウェイルを他でもなくユングヴィに託した。自分は最低限やるべきことはやった。しかし結局ソウェイルを宮殿に帰すことになった経緯を思うと、本当に最低限だったのかも、と力不足を感じる。

部屋の中では絨毯に座った状態のナーヒドとテイムルが大きい声で話をしていた。険悪な空気だ。喧嘩だろうか。珍しい。この二人は十神剣の同僚であるだけでなく従兄弟同士で、普段は公私にわたって親しい。

二人の会話の内容を知って、ユングヴィは蒼ざめた。

「王にふさわしいのは文武に秀で明朗闊達なフェイフュー殿下だ。サータム人なんぞの言うとおりにするのは癪だが、二人を競い合わせてフェイフュー殿下のほうが優秀であることを示すのは悪いことではない。殺すなどとはとんでもないとは思う。しかし男児たるもの、より強いほうが上に立つのは当たり前のことだ」

「ただでさえサータム人とアルヤ人が揉めている今、アルヤ人同士でも揉め始めるな

んて正気の沙汰じゃない。僕らは好き好んで争うほど野蛮じゃないよ。あの蒼い髪は神の証、アルヤ民族の自由と独立の象徴だ。誰もがわかりやすい王としての徴だよ。それでもういいじゃないか」

「サータム人とアルヤ人が揉めている今こそ力強く民衆を導く王が必要だ」

「ソウェイル王子がそういう王にならないとは限らない」

「髪が蒼いというだけで肩入れしすぎではないのか？　髪が蒼ければどんな無能でもいいのか」

「なんだって？」

とうとうティムルが立ち上がろうとしたところで、見かねたらしいベルカナが間に入っていった。

「やめなさい。十神剣同士で揉めたってしょうがないでしょ。むしろそれが一番の問題じゃないの？　帝国の思うつぼよ、連中はアルヤ人の内輪揉めを見たいんだから」

彼女の言葉を聞いて、ナーヒドもティムルも黙った。二人ともまだ興奮しているのか肩で息をしているが、アルヤ紳士だと自負している二人は殴り合わない。荒ぶる赤軍兵士たちとは大違いだ。

ユングヴィは怖くなった。自分が三年間もソウェイルを隠していなかったら『蒼き太陽』が円滑に王位を継承していたはずだ。フェイフューの名前が挙がったのは、みんながソウェイルは死んだものだと思っていたからだ。

ユングヴィはおそるおそる座った。その様子を、他の三人が見つめていた。

「ごめんなさい、黙ってて」

正座をして、自分の膝を見る。

「でも、私、ソウェイルを引き取ったことは後悔してないから。黙ってたことは悪いと思ってるけど、ソウェイルは私になついてくれてるもん。これからもソウェイルのお世話は続けるからね」

ナーヒドが「馬鹿が」と呟いた。その言葉が突き刺さった。彼の言うとおり自分は馬鹿だ。しかしあの時ソウェイルを大講堂に連れていくという判断をした自分は褒めたい。

それから少し、みんなが沈黙した。この間が怖い。責められているように感じる。無言は呆れの表れでもある。

いっそのこと立ち上がってこの部屋から去ってしまおうかと思った頃、テイムルが口を開いた。

「確かに、黙っていたことはとても残念だけど――」

心臓がきゅっと締め上げられる。

「ソウェイル殿下が生きてお戻りになられたんだから、僕はもうこれ以上責めないよ」

顔を上げると、テイムルは微笑んでいた。

「今までお疲れ様」

どっと疲れがあふれ出した。ようやく自分の務めの第一段階が終わったのだ。これからもソウェイルを支えるという務めは続くが、ひとつ期待に応えることには成功した。足を崩して絨毯に尻をつけた。

だが、これで安心するのはまだ早い。

遅かれ早かれフェイフューと競い合わせる日が来る。

これは、自分が奪った三年間のツケだ。

「これからも、がんばる」

ソウェイルを、守らなければならない。

戦わなければならない。

ソウェイルは布団から敷布を引き剝がして頭にかぶった。そして裸の布団に涙で濡れた顔を押しつけた。

顔を上げ、敷布の端から蒼宮殿の窓を見上げる。

月だけがソウェイルを見ている。

「おうち帰りたい……」

そううめいた、その直後だった。

「起きていらっしゃいますか……？」

廊下から声が聞こえてきた。

布団で顔を拭った。そして振り返った。

月明かりに、小さな人影が見えた。

正体は、どこか不安げな顔をしたフェイフューだった。

「兄さま……」

「フェイフュー？」

「そちらに行ってもいいですか？」

フェイフューが「ねむれなくて」と、呟くように言う。

「今まで、ずっと、兄さまがいなくて不安だったものですから。このまま離れ離れでねていると、ねている間に兄さまがいなくなってしまう気がして」

ソウェイルは少し笑って「だいじょうぶだ」と答えた。

「おれは、ずっと、ずーっと、ユングヴィとねてたから、なあ。なんだか、おちつかない。……けど」

フェイフューが部屋の中へと小走りで入ってきた。ソウェイルはフェイフューに向かって両手を伸ばした。ソウェイルとフェイフューが固く抱き合った。

「もうだいじょうぶ。ずっとフェイフューといっしょにいる。ちっちゃい頃みたいにいっしょにねよう」

「はい……！」

今度はフェイフューが「大丈夫」と言う。

「兄さまと一緒でしたら、ぼくは何もこわくないです」

ソウェイルが「おれも」と答える。

「もう、ずっと、いっしょだから。何にも、こわいことなんか何にもないから」

夜の闇の中、二人の声だけが響いた。

「大丈夫。だいじょうぶ……」


帰宅した途端緊張の糸が切れた。

静まり返った部屋の中、ユングヴィは床に膝をついた。

この家はこんなに広くて寒くて静かだっただろうか。

「ソウェイル……」

――殺し合っていただく。

ひとりになると、その一言が頭の中をぐるぐると回ってしまう。

家の外に出してあげられれば、ソウェイルは自由になれるのだと思っていた。

外の世界に出たところで、彼には自由などないのかもしれない。

どうするのが正解だったのだろう。

けれどそれを問い掛けられる相手は、ユングヴィには、いなかった。

ユングヴィ自身もそんなことはないと思い込んでいたのだが、自分は、本当は、本当に、誰も信じていなかったのかもしれない。

信じられるのは唯一、ソウェイルだけだったのかもしれない。

考えれば考えるほど泥沼にはまる気がした。もう寝てしまおうと思った。

部屋が静かすぎる。

大丈夫、と自分に言い聞かせた。

蒼宮殿に行けば、また会える。

ソウェイルを信じて、ソウェイルのために戦う。そう、誓った。

第2章　日輪の御子と紫の猫

話は三ヵ月ほど前にさかのぼる。

東側にある透かし彫りの窓から天上の恵みたる日の光が差し入り、幾人もの乙女たちが息を合わせ祈りを込めて織り上げた絨毯（じゅうたん）を照らし出す。絨毯に使われている糸は金、銀、白、青、碧（みどり）、そして蒼——広大な宇宙とその支配者たる太陽を描いていた。

アルヤ王家の印だ。

その王家を象徴するはずの宮殿を、今は異邦人が占拠している。

この国は三年前戦に敗北し王は首を刎ねられた。

王家は潰えた――かのように見えた。

たった一人だけ、人々の希望として戦火を生き延びた王子がいた。

この国の人間としては珍しい、日の光を紡いだようなまばゆい金の髪の少年が、蒼い絨毯の真ん中に立っている。職人たちが精魂を傾けて組み上げたタイルの壁、その壁に組み込まれている繊細な彫刻の施された祭壇を、大きな蒼い瞳で見上げている。

祭壇の上の壁には、十対、合計二十の小さな金具が取り付けられている。そして、そのうち一対の上に神秘の剣が置かれている。

剣の鞘は紫に輝く塗料の塗られた鉱物でできており、アメジストに似た輝石が無数に埋め込まれている。柄にも紫色の石がはめ込まれていた。

少年の――王家の唯一の生き残りである王子の傍らに立つのは、敗戦に伴い王家が廃されて以来彼の保護者となった青年だ。

青年は壇上の紫の剣同様いくつもの蒼い石が埋め込まれた鞘の大剣を佩いていた。その色の剣は今や異邦人の手に落ちたこの都の守護神の証でもあった。

「きれいですね」

王子が感嘆の息を漏らした。

「ナーヒドの蒼の神剣もテイムルの白の神剣もとてもきれいですが、この紫の神剣もすごくきれいですね。とても不思議な色です。どのような染料を使えばこんな色が出るのでしょうか」

頭の後ろで束ねた黒髪を尾のように揺らして、青年が王子を見下ろす。

「染物についての知識はござらぬゆえ、確かなことは申し上げられぬが。自分が父から神剣を受け継ぐ前に聞いたところによれば、神剣とは身も鞘もすべて初代国王ソウェイル陛下がこの地に住まう女神に賜ったもの、人知の及ばぬ、超自然的な力で生み出されたものであるからして、いかなる職人でも同じものは造り出せぬとか」

王子が「ふうん」と曖昧な返事をする。

「女神さまが神剣をお持ちになって宮殿にいらしたのでしょうか。それとも、ご先祖さまがどちらかで神剣をいただいて、十本を抱えて宮殿に戻られたのでしょうか」

青年は首を横に振った。

「当時から今でいうところの十神剣に当たる十人の武人がソウェイル王のおそばに侍っていたとお聞きした。元からいた十人の武人ひとりひとりが神剣を授けられたことで軍神となったのだと」

「神剣たちより将軍たちのほうが先だったのですね」

「そう……、最初は、十神剣は十人揃っていたのだ」

青年も顎を持ち上げて祭壇の上の紫の神剣を見た。

「十神剣は、十人揃ってこそ。一人でも欠けていればその本来の力は発揮されぬ。紫将軍のおらぬ今の十神剣は国を守るには力不足にござる」

「ナーヒドもとても強くてかっこいいですよ」

「そうおっしゃっていただけるのはありがたいが――三年前、あの紫の御剣の主がいたならば」

目を細めて、主を持たぬ最後の神剣を見つめる。

「紫将軍がいたならば。父君も、兄君も。守り切れたかもしれぬ」

王子が口を尖らせた。

「紫の剣はどうして主を選ばないのでしょうか。もう二十年くらいいないのでしょう？」

この魔法の剣は自ら持ち主を選ぶ。選ばれた者だけが剣を鞘から抜くことができるのだ。

神剣の主は、前の主が死したのちに、神剣自身が声を掛けて連れてくることになっている。次の主が選ばれるまでの期間は剣によってまちまちだが、大抵の剣はさほど間を置かずに次の主を選んでいる。

しかしこの紫の剣だけはいつまでも無言でここにいる。

「紫は選り好みをする、とベルカナが言っていたな」

青年が呟くように答えると、王子が「えりごのみ？」と首を傾げた。

「よほど智謀に長けた者でないと受け入れられぬらしい。先の紫将軍は誰よりも博識で古今東西の戦術に明るい老獪な切れ者であったと聞く。紫の神剣はその紫将軍に匹敵するか超越できるほどの知恵者を求めているのだとか」

「神剣にも好みがあるのですね」

「蒼や白は先代の跡取り息子ならば誰でもいいようだし、東西南北も比較的扱いやすいそうだが、赤などもなかなか後継者を選びたがらず、ユングヴィが現れるまで何年か空白がござった。神剣はおそらく、それぞれの神剣、それぞれの将軍に合った資質というものを感じているのだろう。それぞれ、選ばれる理由があるのではないか」

「神剣はわがままです」

青年が珍しく相好を崩した。同僚たちが見たら驚くであろう穏やかな表情で頷いた。

「紫に合う方が現れるといいですね」

「ああ、一刻も早く。十人揃えばこそ、フェイフュー殿下のこともお守りできるのであるから」

どうやら満足したらしい、「帰りましょう」と言って王子が踵を返した。

「ユングヴィはすごいのですね。わがままな赤い神剣が選んだ特別な方なのですね。女性ですのにね」

「あいつも普段はああだが、きっと性別を乗り越える何かを赤の剣に感じさせたのだろうな」

「今度赤の剣もゆっくり見てみたいです。ナーヒドからお願いしてみてくれませんか？」

「今度お会いになった時に直接本人におっしゃってみればいかがか」

「どうでしょう。ぼく、ユングヴィにさけられているような気がするのです。きらわれているのかもしれません」

「ご心配召されるな。奴は穏やかな性格ゆえ、御年九つの殿下に対して無体なことをする人間ではないからして——」

暮れゆく街並みに明かりが燈り始めた。

市場のにぎわいに思いを馳せつつ、ラームティンは長椅子から上体を起こした。

この都市に住まう人々は、肌を焼くような昼間の日を避け、夕方から活動を始める。ラームティンもかつてはこの時間から表に出て市場を駆けるただの子供であった。

思えば遠くまで来たものだ。道のりとしての距離は十四歳のラームティンの足なら大したものではない。けれど、もはやあの暮らしに戻ることのできる身ではなくなってしまった。

そろそろ仕事の時間だ。

「ラーム。私の可愛いラームや。どこにいるのかね」

立ち上がって答える。

「こちらにございます、ご主人様。ラームはご主人様のお部屋におります」

廊下から足音が近づく。やがて出入り口の幕を払い除けた中年の男が姿を現す。この家の当主でありラームテインの所有者でもあるニマーだ。

ラームテインを認めると、ニマーは笑みを浮かべた。

ラームテインは一瞬眉をひそめた。

ニマーの機嫌がいつもより良い気がする。

彼はかつてアルヤ王国の議会に名を連ねていた貴族院議員であった。そしてアルヤ王国において議員は官僚と同義でもある。アルヤ王国が隣国サータム帝国に敗れた三年前からは、サータム帝国より派遣されるサータム人官僚たちの衣食住を世話する務めを負っていた。当然気分の良い仕事ではない。帰宅するなりラームテインに鬱憤をぶつけることもしばしばであった。

だが、今日はそうしない。それどころか、ラームテインの両手を握り締め、「お前は今日も美しい」と歌うようにささやく。

「宮殿で何か良いことでもございましたか」

問い掛けると、ニマーはすぐには答えず、高級絨毯（じゅうたん）に座った。

「お前も座りなさい」

薄気味悪い。

まずは、厚い布を広げて、あらかじめ帰宅に備えて用意してあった酒杯と棗椰子（デーツ）の実を並べる。それから絨毯に膝をつき、酒瓶を傾け、ニマーの太い指が取った酒杯に葡萄（ぶどう）酒を注ぐ。そしてそのまま、ニマーのすぐそばに腰を下ろした。

「聞いてくれるかラームよ」

「はい、どのようなことでも」

「実はな」

ラームテインは顔をしかめた。嫌な予感がした。

「帝国のさる高貴なお方がお前を召し抱えたいとおおせになった」

馬鹿な、と吐き捨てそうになったのをこらえた。どうにか笑みを作り直して頷く。

けれど動悸（どうき）がする。

召し抱える――すでにニマーの小姓として三年も務め上げた自分を、ニマー以外の誰かが召し抱えると言ったか。それも、今、帝国と言わなかったか。それはつまりサータム帝国のことではないのか。

ニマーは「めでたい、実にめでたい」と繰り返しながらラームテインの注いだ酒を呷った。

「お前を宮殿に連れて上がった時に何度かお会いしている方だ。かねてよりお前のことを気に掛けておいでだったとおっしゃっていた」

ラームテインは「はあ」と曖昧な返事をした。急かしてもっと詳細な情報を吐かせたい。けれど自分はそのようなことのできる立場ではない。気持ちばかりが焦る。

ニマーの指先がラームテインの褐色のまっすぐな髪に触れた。

「私とてお前を手放すのは惜しい。お前は美しいだけでなく賢い。我が家の宝だ、我が家の一番の財産だ。しかし、相手は、大事な、大事なお方なのだ。特別なお方だからこそ、私の大事なお前をお預けするのだ」

「ラームはもうご主人様のおそばにいられないのでしょうか」

わざとしおらしく睫毛を伏せ声を震わせた。ラームテインがそういう態度をとればニマーはすぐに引っ掛かる。

「おお、おお、可哀想なラーム」

哀れっぽい声を上げてラームテインの頬を撫でた。

「私と離れるのがつらいのかね」

「はい、ご主人様。ラームは三年もの間ご主人様によくしていただいた身にございますれば、成人してもなおこのままご主人様とともに宮殿でお仕事をさせていただけるものと信じておりました」

「おお……！　そのような心掛け嬉しく思うぞ。だがそうであればなおのこと、お前を今のアルヤ国に埋もれさせてしまうのは惜しい」

ニマーの瞳が輝く。

「いいかね、ラーム、よく聞くのだ」

ラームティンは笑みを消してニマーを見つめた。

「この国は長くはもたない。太陽という象徴を失って統率を欠いている」

この男はけして愚鈍ではない。むしろ敗戦より今日までの三年間サータム人たちの手足として働きぶりを認められている男だ。サータム人たちの動向を読み、宮殿でうまく立ち回っている。

「若い将軍たちはサータム人どもの言いなりだ。議会も裁判所も帝国に押さえられてろくに機能していない。民衆は頭がすげ替えられても気づいているのかいないのか、サータム人どもに反旗を翻したという話はついぞ聞かない」

しかしニマーは悲観した様子ではない。

「サータム皇帝の支配を受け入れつつある。このままではアルヤ王国の再興はならない」

なるほどと、頷いた。

「帝国には立派な軍艦がある。西大陸との交易も拡大している。人口も増え続けている。これからはサータム帝国の時代だ」

ニマー自身が、仕える先を変えることにしたのだ。

「お前のことを考えるならば帝国へやったほうが良いのだ。帝国で立身出世をすれば世界で活躍できる人材になれるかもしれない」

ラームテインを売ってサータム人の何とやらの機嫌を取ることにしたのだ。ラームテインと引き換えにサータム帝国での地位か何かを得ようとしているのだ。

「ラームは……、サータム帝国へ行くことになるのでしょうか」

明言はしなかった。代わりにこんなことを言った。

「恐ろしいことは何もないぞ。美少年の価値は万国共通のものだ。ましてサータム人どもはアルヤ美人がお好きだ。お前が粗雑な扱いを受けることはない」

鳥肌が立った。

「サータム帝国では出自にかかわらず優秀な者は皆官職にありつけると聞く。お前もがんばれば私などより出世させてもらえるはずだ」

それがたとえ本当だったとしても、そうと認められるまでまた今と同じような暮らしを続けて一から積み上げるはめになるのだ。

意識が遠退きかけたラームテインの手を取る。

「わかってくれラームテイン。お前はサータム語もできる。教養があって立ち居振る舞いも上品だ。何より、誰よりも美しい。お前は私の――いや、アルヤ人みんなの宝なのだぞ。帝国で勝ち残るためには、お前はお前自身のそういうところを最大限利用したほうがいい。わかってくれるね」

ラームテインに拒否権はない。何と言われようとも、自分はしょせんニマーの所有物だ。ニマーが自分をサータム人に売ると言うのなら、引き渡される日を待つほかない。

「ご主人様がそうおっしゃってくださるのならば」

心にもない言葉が出た。これこそが三年間の成果だ。ニマーが教養と呼んでいるもののすべてだ。

涙は出ない。そんなものはとうに涸れ果てた。

自分の運命はエスファーナがサータム人たちの手に落ちた時にはこうと決まっていたに違いない。無駄な抵抗をして傷つくことはない。黙って受け入れ、流されていけばいい。

ニマーの言うとおりだ。アルヤ人の美少年はサータム帝国では高値でやり取りされるという。愚かなサータム人どもが自分の美貌に振り回されるさまを眺めて暮らすのも、きっと悪くない。

「いつのことになりますか」

「三ヵ月後だ。それまで我が家で心穏やかに過ごすといい。私もお前との最後の日々を心ゆくまで楽しみたい」

ニマーの厚い唇がラームティンの紅い唇に触れた。それから、ラームティンのまだ華奢な首筋を這っていった。太い指先がラームティンの襟元をまさぐる。

ラームティンはまぶたを下ろした。

きっと、悪くないはずだ。

エスファーナの、東西で言えばほぼ中央、南北で言えばやや北に位置する街の一角に、アルヤ国最大の図書館がある。

小規模な図書館はエスファーナじゅうにあったが、王家の財産が資本の図書館はこの王立図書館だけだ。

この図書館は、半世紀ほど前、時のアルヤ王の命で造られた。時の宰相の進言によるものらしい。かの宰相は王に書物のもつ普遍的な価値を説き、書物とつくものなら古今東西の名著から奇書までどんなものでも保存させた。それがいつしか蒼宮殿の書庫に収まらなくなり、結果として東大陸全体で数えても屈指の蔵書数の図書館になった。

サータム帝国軍はこの図書館を破壊しなかった。彼らもまた焚書が蛮行であると知っていたとみえる。王家の財産は帝国から来た総督に没収されたが、その総督もこの図書館の運営費は削らないそうだ。

ラームテインは、図書館特有のほこり臭い空気を、大きく胸に吸い込んだ。

小さい頃から大好きだった図書館だ。ニマーに引き取られてからもよくニマーの目を盗んで通ったものだ。

ここにこうして来られるのも、あとふた月足らずになった。

帝国行きを前にして、ラームテインは日中のエスファーナ散策を願い出た。ニマーは気前よく許可した。さすがに生まれ育ったエスファーナを離れ遠い異国の地へ行くラームテインを哀れに思っているらしかった。

二度と戻れまい。

逃げるつもりはない。自分が逃げても誰も得をしないのはよくわかっていた。

ただ、砂漠に咲く一輪の薔薇と謳われる楽園エスファーナの中心、ラームテインが知る中でもっとも美しい場所であるこの図書館の姿を目に焼きつけておきたい。

書棚を眺める。

一見無造作に積まれているかのようだが、時折立ち止まって表題を読むと丁寧に分類されているのがわかる。書かれた地域ごとではない、あくまで内容の種類別だ。アルヤ語、古代アルヤ語、大華(たいか)語、西大陸の古典語の書物まで一緒に並べられている。世界の半分たるエスファーナの一端がここにも表れている。

不意にざわめきが聞こえてきた。広間で騒いでいる者があるらしい。

ラームテインは顔をしかめた。

ここは図書館だ。礼節を知らぬ者に立ち入ってほしくなかった。けれど正面を切ってそうと言えるほどラームテインは偉くない。気づかなかったふりをして書棚に向き直る。

ひとりのんびりと歩く。

目的地は一番奥、古代大華帝国の思想の棚だ。大華語はさほど得意ではないが、サータム帝国に行ったらさらに遠退く国の言語だった。わかる範囲でもいい、少しでもいいから読んでおきたい。

しかし——途中で一度歩みを止める。

書物が少しずつ減ってきている気がする。書棚に隙間が目立つようになる。あたりを見回す。

どの棚も空間が目につくようになっていた。入り口付近はこうではなかったはずだ。何が起こったのだろう。

それでも、ここにある本はすべてまだ読んでいない。他の棚に比べたら母数は少ないかもしれないが、残り時間の少ないラームテインにとっては充分すぎる冊数だ。

うち一冊に手を伸ばした、その時だった。

床の絨毯を踏む音が聞こえてきた。

誰かが近づいてきている。それも複数人だ。話し声もする。

広間の騒ぎのもとがこちらへ向かっているのか。

眉をひそめながら振り向いた。

気がついてよかったと思った。

全部で三人の人間が近づいてきていた。武装した背の高い男が二人と、まだ幼い少年が一人だ。先頭を行くのは少年で、武官と思われる二人が少年に付き添ってきている。

ラームテインは焦った。なぜ、この時に、この場所で——目眩がしてきた。

少年は、輝かんばかりの金髪に、同じくこの国では輝く色だと称される蒼い瞳をしていた。

この目で見たのは初めてだが、間違えようもない。噂で聞いたとおりだ。想像以上に噂そのままだった。

三年前、時の蒼将軍が自らの命と引き換えに助命を乞うた王子だ。

王家の唯一の生き残りだ。

「あっ」

ラームテインを見た王子が、目の前で立ち止まった。

「その本、持っていってしまいますか？」

ラームテインは反射的にひざまずいた。

蒼い瞳をしている。

蒼は神聖な色だ。アルヤ人を統べる唯一絶対の色だ。

「本」

だが、王子もまた、膝を折った。

「本が汚れてしまいます」

言われてから我に返った。本を持ったままの手を床についていた。

顔を上げた。

蒼い瞳と目が合った。王子は膝立ちになっているようだった。目線がとても近い。

聞き及んでいる限りでは、確か九歳のはずだ。色合いは伝説のままだし、それなりに整った顔立ちをしているが、ラームテインより二回りは小さな子供である。

王子が顔を覗き込んできた。

「その本」

次の時、ラームティンの目の前に、同じ仕様の書籍が一冊突き出された。思わず上体を反らした。

「この本の続きなのですけれど。この本はもう読まれましたか？」

表紙を見つめて、ラームティンはようやく我に返った。

本について問われている。

自分の手元の本を見た。表紙に大きく、下、と書かれていた。

王子の手元の本を見た。表紙に大きく、上、と書かれていた。

「気づいておりませんでした」

ラームティンの答えに、王子は満足したらしい。突き出していた本を下ろすと、人懐こそうな笑みを見せた。

「では、ぼくが持ってきたこちらの本をわたしますので、そちらの本をぼくに貸してください」

いくら王子といえど相手は九歳の子供だ。本は大華語である上に、古代思想についての著作だ。

「読んでわかるのですか」

言ってしまってから手で口を押さえた。王子に対して無礼なことを言っていると思ったのだ。

けれど、王子は元気良く「はい」と答えた。

「大華語の家庭教師がおります、教えてもらいながら読んでいるので大丈夫ですよ」

「申し訳ございません」

「どうしてあやまるのです？」

彼は「そちらこそ」と問うてきた。ラームティンは「おそれながら」と首を垂れた。

「中央市場育ちで、各国の商人に言葉を教わってまいりました」

「すごい」

王子が喜んだ。

「そういえば中央市場の方は何ヵ国語も読み書きできると聞きました。本当なのですね」

問い掛けられている以上、返事はしなければならない。おそるおそる頷く。

「諸外国からの隊商と商いをする者はアルヤ語の他にだいたい二、三言語はできます。大華語、サータム語、ひとによってはラクータの言葉やチュルカ語を解す者も」

「あなたは？」

「サータム語であれば不自由なく……、あと大華語とチュルカ語が少し」

「わあ」

王子の小さな手が伸びてきた。

「すごいすごい！　もっとお話を聞かせてください」

「えっ」

「ぼくは外のことをもっともっと知りたいのです、ぜひあなたの話を聞かせてくださ
い！」

ラームテインの手に触れつつ、王子が後ろに立つ武官たちを振り向いた。

「ね、いいでしょう？」

武官たちは戸惑ったのか一度顔を見合わせたが、ややして「殿下がお望みならば」

と答えた。王子が「よかったです」と破顔した。

「おしゃべりしましょう！　ぜひ友達になってください。ぼくの名前はフェイフュー
といいます」

「存じ上げております」

「あなたは？」

「ラームテインと申します」

「ラームテイン。ラームと呼んでもいいですか？」

「構いません。が、殿下」

後ろの武官たちの様子も窺いつつ、こわごわと進言する。

「その。こういうところでそんなに大きな声を出されるのは、あまり、よろしくないか、と」

王子――フェイフューが一瞬硬直した。次の時、唇を引き結んで「すみません」とうなだれた。上目遣いでこちらを見てくる様子は叱られて身をすくませる九歳の子供であった。ラームテインは初めて安堵して大きく息を吐いた。


白亜の回廊を行くと、庭へ大きく張り出した屋根の下が憩いの広場になっていた。地べたに直接絨毯が敷かれており、その上にいくつか茶や茶菓子をのせるための銀の盆が置かれている。老若男女が集っているが、比較的多く見受けられるのは拝陽教の学僧だ。

フェイフューは盆のひとつの傍らに腰を下ろすと、ラームテインに向かって「何か飲みますか」と問うてきた。飲食物を売る屋台があるのだ。ラームテインは、フェイフューのほうが何か飲みたいのだと察して、こう返した。

「殿下は何をお求めですか」

彼は一瞬不思議そうな顔をした。ややしてうつむき、控えめな声で言った。

「ではお茶をお願いします」

茶器を四人分持って戻り、盆の上に並べる。

護衛の兵士たちが頑なに拒んだため二人分は無駄になったが、何はともあれ落ち着いて会話ができる状態にはなった。

「すみません」

フェイフューが言うので、あわせて持ってきた茶菓子も包みから広げつつ、ラームテインは「どうかなさいましたか」と問い掛けた。謝られるようなことをされた覚えがなかった。強いて言えば自分の読書の時間が奪われたか、とは思うが、王子の思し召しより優先すべきことではない。アルヤ王国の王子と話す機会こそエスファーナを離れたら二度と来ない。

「お茶の準備をさせてしまいました」

「なんだ」

それこそ、ラームテインにとっては日常茶飯事だ。毎晩ニマーに酒を注いでいるのに王子のために茶を注げぬわけがなかった。

「太陽の御子である殿下にご入り用とあれば民はどのようなことでも致します」

フェイフューは首を横に振った。

「そのようなことを言ってはいけません」

「殿下？」

「ぼくはもう王子ではないのです。アルヤの王家はなくなってしまいました」

ラームテインは胸が痛むのを覚えた。

「みなさんぼくを『殿下』と呼んでくれますが、ぼくはあだ名のようなものだと思っています。今のぼくはえらくも何ともないのです。父上が亡くなられた時にえらくなくなりました。サータム帝国がある限りぼくはただの子供です」

王の子といえど九歳の子供だ。その子供にこんなことを言わせておきながら否定できない自分が悲しい。かと言って詫びることもない。三年前は自分も子供であり被害者だった。本当に詫びるべきは王国軍の幹部たちや貴族院議員たちだ。

「護衛の方々がついてきてくれていますが、これは彼らの本来の仕事ではありません。非番の人々が厚意で守ってくれています。みんな蒼軍の兵士でコノエの白軍ではないのです。給料もナーヒドが自分の給料から出しています」

蒼将軍ナーヒド――三年前フェイフューを引き取った男だ。ラームテインはこの将軍とその従兄弟であるという白将軍テイムルも被害者であるように感じていた。三年前、彼らの父親たちがもっとうまく立ち回っていれば、彼らは将軍としての人生を不名誉な形で始めずに済んだ。

「ラームもあまり固くならないでください。気楽におしゃべりしてくれるとうれしいです」

苦笑しつつも「はい」と頷いた。

「ですが、殿下。僕はこうして給仕——給仕、わかるかな……」

「わかります、うちにも世話をしてくれるひとびとがいます」

「そうですね、そういう感じです。僕は普段からこういう仕事をしておりますので。なので、自然としてしまうんです」

フェイフューが「あら」と瞬いた。

「エスファーナ大学の学生かと思っていました」

笑うこともできない。

「そうであったら、よかったのですが……」

そう、なりたかった。

すべては三年前に終わった夢だ。

「今は、ただの酒姫(サーキイ)ですよ」

失敗したことに気づいたのは、口にしてからだった。

「サーキイ？」

繰り返されて、冷や汗が出るのを感じた。

「サーキイとは何ですか？」

「……えーっと」

迂闊だった。余計なことを言った。

どうやら酒姫が何か知らないらしい。

王子は純粋培養なのだ。あるいは、蒼将軍ナーヒドが潔癖な男なのだ。

どうやって説明したらいいのだろう。

「その……、主人に酒を注ぐ仕事です。夜の……」

伽を含めて、とか――

「夜の？」

「あの、基本的には、高貴な方の身の回りのお世話をさせていただくお仕事なんですけど……」

食事や着替えの手伝いから性的な欲求の解消まで、とか――

「まあ、その……、普通の召し使いとはちょっと違うんですよ、ちょっと違って、えーっと、まあ、いろいろと……、まあ、はい」

説明できるわけがなかった。

「夜専用の小姓だと思っていただければ」

「はあ」

フェイフューが首を傾げた。

「よくわからないですけれど」

わかってほしくないと思う程度の良心はある。

「むずかしいお仕事なのですね」

「ええ」

「あまり長く続けるお仕事ではないかもしれませんね」

子供には言えないような仕事なのか、と思うと、三年も勤め上げてしまった自分が悲しい。

「あいつとうとう帝国に行かされるんだってさ」

「うわー。いつかどこかに転売されるとは思っていたけど、よりによってサータム人のところ？」

「最悪だな。僕だったら舌を嚙み切って死ぬね」

「あいつなら案外図太く生き残りそうな気もする。だって僕らと違ってどんなことでもやるからね。多少は見習うべきかな？　繊細な僕らには無理か」

「ニマー様の顔に泥を塗るようなことだけはしなければいいけど」

廊下で立ち話をしている酒姫たちに、ラームティンはあえて微笑みかけた。ラームティンの笑顔を見た途端彼らは蒼い顔をして端に退いた。

「下品なことを口にするのは玉に瑕ですね」

擦れ違いざまに言う。三人がまた小声で何かをささやき始める。ラームテインは今度こそ無視してその場を立ち去った。どいつもこいつも囲われて抱かれて養われて甘えているうちに腑抜けになったようだ。

屋敷の門をくぐる。今日も太陽は輝いている。このままでは日焼けをするだろう。女性が布をかぶるのはきっと白い肌を保つために違いない。早く屋内に避難しようと、早足で歩き始めた。

王立図書館に入るとやはり学僧を始めとする青年たちが目につく。寺院に身を置きながらエスファーナ大学で学んでいる者たちだ。揃いの白い衣装を着ているのでわかる。

エスファーナ大学はエスファーナの西側にある広大な研究施設だ。学問の自由を守るため、歴代の王たちに学内での自治を認められている。聞けば国同士がどこと争おうが敵国出身の学者や学生をも保護してきたとのことだ。宗教学、哲学、占星学、医学、数学、化学――どんな学問でもいい、何らかの専門分野の知識に秀でていれば、出自にかかわらず探究できると聞いた。

そんな世界に誇れる傑出した頭脳たちも手引書を求めて訪れる施設こそ、王立図書館なのだ。

しかし、王立図書館は何も専門家だけに開かれているわけではない。あくびをしている翁（おきな）もヴェールで顔を隠した女性も、書棚の間を自由に行き交う。猫まで日陰で足を伸ばして寝ている。

一介の酒姫（サーキイ）である自分も、また、かつて一国の王子であった少年も、ここは受け入れてくれる。

「こんにちは（サラーム）」

哲学の区画を歩いていると、後ろから小声で話し掛けられた。

ラームテインは今度こそ穏やかな笑みを浮かべて振り向いた。視界の下のほうに金の髪が見えた。

「御機嫌よう（サラーム）、殿下」

目線を合わせるために腰を屈（かが）めた。フェイフューが嬉（うれ）しそうに笑った。

「昨日の本、持ってきてくれましたか」

「ええ、こちらに」

「わあ、よかった！　今度はぼくが持っていきます」

人差し指を立てて「しっ」と言うと、フェイフューは慌てた顔で口をつぐんだ。

「お外に出ましょう」

「今日も大丈夫なのですか？」

「ええ、主人が戻るのはいつも夕方ですので」

王立図書館の哲学の区画でフェイフューと会うようになってから、今日で何度目になるだろう。いつの間にか片手では足りぬようになっていた。

会いたがっているのはフェイフューのほうだ。別れの時間が近づくたびに、次はいつ来るのかと訊ねてくれる。ラームテインも、雇われの身なので確たる約束はできないと前置きをしてはいるものの、約束を違えたことは一度もない。二日に一度の頻度で交流を続けていた。

王家が潰えても瞳が蒼いことには相違ない。一般的な学校に通うことのできないフェイフューには、蒼将軍ナーヒドの計らいで家庭教師が何人かついている、という。

しかし、フェイフューはラームテインに読んだ本の解説や感想をねだった。いわく、ラームテインのほうがずっとわかりやすい言葉に嚙み砕いて話すから、とのことだ。ラームテインはそれがフェイフューを子供だと侮っている証拠だと言われてしまいやしないか冷や汗をかいている。

ラームテインもフェイフューと話すことは楽しい。誰かにものを教えるということがこんなにも楽しいことだとは思っていなかった。フェイフューがよく吸収してくれるからというのもあるに違いない。フェイフューが聞いてくれる——頷いて、理解してくれる。これほどありがたいこともない。

憩いの広場の絨毯に腰を下ろしてから、フェイフューはラームティンから本を受け取った。

「ラームのおすすめ、ぼくにも読めますかねえ」

わざと意地悪をして言う。

「難しいかもしれませんね」

「本当ですよ、ラームはむずかしいことばかりです」

フェイフューが口を尖らせた。

「でもいいです、ラームが読んだ本は全部ラームにぼくにもわかるように説明してもらいますから」

「いつまでも僕が殿下にご教授できるとは限りませんよ」

何気なく言ったつもりだった。言ってから、自分で落ち込んでしまった。実際に自分はサータム帝国行きが決まっている。フェイフューに会えなくなるまで残り半月足らずだ。

帝国行きのことはフェイフューにはまだ話していなかった。フェイフューはいつまでもこうして会えるものだと思っているかもしれない。

そこで同時になぜかフェイフューも悲しそうな顔をした。一瞬何か言ってしまっただろうかと慌てたが、フェイフューはフェイフューで違うことを考えていたようだ。

「それに……、本当にむずかしい本は、図書館にはないです」

ラームテインは眉をひそめた。

「それは、どういう？」

「ウマルがみんなどこかにしまってしまったのだそうです」

ウマル、というのは、サータム帝国から派遣されたアルヤ属州総督のことだ。王を失った蒼宮殿の新しい主人であり、今のアルヤ国の実質的な最高権力者である。ニマーの一番の上司でもあった。直接会話をしたわけではないものの、何度か顔を見たことがある。人のよさそうな笑みをした食えない男だ。

「しまってしまった？」

「ウマルはアルヤ人に本を読ませたくないのですって。どうしてかよくわからないのですけれど――とにかく、図書館が昔のままどんな本でも全部あると困る、と」

ラームテインは「なるほど」と呟いた。すべてウマルの仕業だったのだ。

「何かわかるのですか？」

「道理で哲学の書棚がすかすかになっているわけですよ。サータムの連中は政治思想に関わる本を抜いているのですね」

「政治思想？」

「アルヤ人がサータム人の政治に疑問を持たないようにするためです。政治の本を読んであるべき国家のあり方というものを考えるようになる人間がアルヤ国から現れたら困るんです」

奴らにとっては幸いなことに、今エスファーナにいるアルヤ人の官僚たちの大抵はそのような大局を見てはいない。ニマーのように、長いものには巻かれる精神でアルヤ王とサータム人総督をすげ替えて考えている。

「僕が知らないだけで兵学や歴史の類もなくなっているかもしれません。アルヤ人の知識層が知恵をつけて帝国に反抗するかもしれないとなれば、芽は摘んでおかなければならない」

口を開けたまま自分を見つめているフェイフューに、ラームテインは「いいですか」と諭した。

「本を読むということは、文字というものが現れた古より続く事実を、その長い時をかけて磨かれてきた思考の仕方という名の技術の粋を、かつては最先端を行っていた人々しか得られなかったものの見方を、体を動かすことなく短時間で習得する、ということです。これは誰かにものを考えてほしくない人々にとっては恐るべきことです」

「アルヤ人にものを考えてほしくないということですか」

「そうです。難しい本はそれだけ本の中で提示している思考の仕方が複雑だということです。その思考の仕方を理解できた時には、それが強力な武器となる」

「本を読むだけなのに」

「少なくともサータム人たちはそう思っているのです。強力な武器だとわかっているから――本当は自分たちの武器にしたいから、図書館を焼かなかったんですよ。その、難しい本も、しまってあるだけで捨てたとは言っていないんでしょう？　サータム帝国に持っていったのかもしれません」

フェイフューが「確かに！」と叫んだ。

「ウマルはずるいです」

「頭の切れる男です。自分の手は汚さずに内側からアルヤ人を骨抜きにしようとしている」

「この本が連れていかれなくてよかった」

本を抱き締めて息を吐く。

「帝国に行ってしまったら、もう、戻ってこられませんものね」

不意に漏らされたその言葉が、ラームティン自身にかけられたものであるような気がした。

「……帝国に行ったら、好き放題に本が読める――のかもしれませんね」

自嘲（じちょう）が口をついて出た。

「帝国に行きたいですか？」

「行きたくなんかないですよ。でもせめて楽しみを見出せたらと思っているんです」

「行く予定があるのですか？」

　まさか今この流れで告げるはめになるとは思っていなかった。けれどいつかは告げねばならぬと思ってはいたことだ。覚悟を決めて口を開いた。

「二週間後に」

「え？」

「殿下とこうしていられるのも、あと、半月はないかと存じます」

「そんな……！」

　フェイフューが絨毯の上に本を置いてラームテインの手をつかんだ。

「どうして言ってくれなかったのですか」

「言いたくなかったからですよ」

　ラームテインは顔をしかめて答えた。

「楽しくない話などしたくありませんでした。ここにいる間くらいは現実を忘れたかった」

「楽しくない話なのですね。ラームは本当は行きたくないのですね」

「誰が好き好んでサータム人のところになんか……！　取り消してもらえるのなら取

り消してもらいたいですよ」

いつの間にか、フェイフューの手を強く握り返していた。

「どうして帝国にまで行ってまた酒姫の真似事をさせられないといけないんだ」

「断れないのですか」

「僕は酒姫です、主人が売ると言えば売られる身の上です」

「逃げられないのですか」

「逃げられるならそもそも酒姫なんかやっていない！」

三年前を、思い出す。

「戦争なんかなければよかったのに……！　戦争がなければ屋敷も倉庫も焼けなかったのに。商人たちへの借金だってなかった。戦争さえなければ」

「商人のおうちの生まれなのではなかったのですか」

「違います。下級貴族の家でした。小さくてもエスファーナに土地を持っていることが誇りでした。その土地を商人たちに貸して収入を得ていた。けれどよりによってその土地の倉庫が焼けて商人たちに保険金を請求されてしまった」

家族全員が無事だったという事実も追い打ちをかけた。本来なら喜ぶべきであろうことが、食い扶持の多さに困るという悲劇をもたらした。

「下級貴族にとっては娘を良い家に嫁がせて子供を産ませて家の格を上げることが何

よりものことなんです。したがって次男の僕が最初に借金の抵当として差し出されました。僕が逃げたら妹たちが売られることになる」

ずっと考えないようにしていた。けして思ってはいけないことだと自分に言い聞かせてきた。

もはや耐えられなかった。

「売られてしまえばいいのに……！　僕だってあのまま家にいられればエスファーナ大学に行って誰もが認める学者になって家の格を上げられたかもしれないのに！　どうして僕だったんだ」

手を握る力が強くなった。子供の力でさして痛くはなかったが、ラームテインは目が覚めた。

「ラームは優しいお兄さんなのですね」

フェイフューの蒼い瞳が、まっすぐ自分を見ていた。

「……違う」

三年前に別れた時、一番上の妹が今のフェイフューと同い年だったことを思い出した。恨みすら抱いた妹だったが、それでも、彼女が売られて自分のしてきた仕事をさせられていたらと思うと、背筋が寒くなる。まして妹は女の子だ。この国でこんな仕事をしたら嫁に行けない。

フェイフューの手を振り払った。

「ごめんなさい、申し訳ございませんでした。忘れてください」

「ラーム」

「すみません、頭を冷やします。今日はもう帰ります」

「あの、次はいつ――」

「しばらく家のことに専念します、いつかまた」

ラームテインは逃げ出した。

目の前の現実をこれ以上直視したくなかった。

アルヤ総督府に隣接した蒼軍の駐屯施設の中央、将軍の執務室の前にて、象徴的な隊長である将軍と実務的な隊長である副長が立ち話をしている。

そこに、走る足音と怒鳴る声が割って入ってきた。

「――か！　殿下！」

風紀が乱れることのない蒼軍の幹部の区画では珍しいことだ。廊下を行き交う武官らが立ち止まり、駆け抜ける一行を眺める。将軍と副長も顔を上げ、音の源のほうを見た。

「ナーヒド！」

音の源は珍しいことにフェイフューであった。彼は脇目も振らずに駆け寄ってきていた。いた。その後ろを、護衛の兵士たちが慌てた様子で追い掛けている。

そのうち、フェイフューがナーヒドに手を伸ばした。

「ナーヒド」

直後、フェイフューは傍らに立つ副長に目を留めてその場で動きを止めた。

何かを察したらしい副長が一礼した。

「自分はこれにて失礼つかまつる」

「かたじけない」

ナーヒドは副長を見送った。

「殿下、どうなさった？」

ナーヒドが言い終わるか否かのところで、フェイフューがナーヒドに飛びついた。

腰にしがみつく形で腕を回した。

「殿下っ？」

驚いたのか声を躍らせるナーヒドに、フェイフューが何の前置きもなく唐突に「いやです」と訴える。ナーヒドが「何がでござるか」と問うても明確な答えは返ってこない。

「教えてほしいことがあります」

ナーヒドの腹に顔を埋めたまま言う。

「教えてくれますか？　教えてくれますよね？」

「自分でお答えできることであれば何なりと」

ナーヒドは戸惑った様子だったが、それでもそう答えた。

次の時だ。

「サーキイとはどんな仕事ですか？」

「誰だ殿下の前でそういう破廉恥な言葉を口にしたのは！」

また、蒼軍の時の流れが一瞬止まった。

多くの武官らの視線を集めていることに気がついたのだろう、ナーヒドはあたりを見回すと「失礼」と言ってフェイフューの肩を抱き寄せた。フェイフューを抱えたまま強引に執務室へと入る。フェイフューがナーヒドにしがみついたまま唸り声を上げる。

「ハレンチなのですか。ろうかでは話せないくらいハレンチなのですか」

低い声で唸るフェイフューに対して、ナーヒドは言葉を詰まらせた。

「でも、そういう仕事をしていらっしゃる方々がいるのですよね？　この国にも――ぼくが知らないだけで――でもナーヒドは知っているのですよね？」

フェイフューがナーヒドから離れる。ナーヒドを見上げるフェイフューの蒼い瞳には強い意志と感情が燈っている。ナーヒドがたじろいで一歩退く。

「答えられないのですか？」

「いや、その――」

「ぼくには教えてくれない、と」

「まだ早いのでは……それに、別にそのようなものなどご存じにならぬともよいことでは――」

「まだ？　ではいつならばよいのです？　いくつになったら？」

眉を吊り上げてにじり寄る。

「その時が来たら本当に教えてくれるのですか？　それとも今だけの言いのがれですか？」

「殿下」

「ぼくはサーキイのことを知らないままでいなければならないのですか？　この国にいる人々のことなのに？　自分の国のこともわからない！　ナーヒドの思うぼくというものはそのていどでいいということなのですね？」

まくしたてるフェイフューを前にして、ナーヒドはとうとう屈した。

「殿下のおおせのとおりかもしれぬな。殿下ももう何もわからない幼児ではないのだし」

「何よりサーキイをしている人々に失礼です！　その人々はそれをすることで生計を立てているのでしょう？　ぼくはよく知りもしないものをハレンチだとかいうよくわからない理由で遠ざけたくありません」

「承知した。自分も覚悟を決める」

フェイフューをまっすぐ見つめ返したナーヒドへと、フェイフューが宣言するかのごとく高らかに訊ねた。

「改めてききますよ。どんな仕事なのですか」

ナーヒドが大きく頷いた。

「基本的には、食事の――特に宴の席で酒の給仕をする少年のことにござる」

「しょうねん」

予想外の言葉だったのか蒼い瞳が瞬く。

「巷では十代の見目良い少年がやるものとされていて――」

「すがたかたちが大事なのです？」

「酒を注ぐだけでなく、他にも、いろいろと、その、口にはしにくい形で奉仕をするものであるから」

自らの黒髪を掻きつつ、ナーヒドは溜息をついた。

「昔は街の酒場で体を売るものだったのが、いつしか貴人の家に買い取られる――猫のように飼われるものになった」

「ねこ」

「そうだな、猫と一緒だ」

フェイフューが黙った。

「主人の気分で好きに戯れられる。あらぬところを撫でたり、裸で一緒に寝たり、そういうようなことを」

フェイフューはしばしの間斜め下を見て沈黙していた。ナーヒドはそんなフェイフューを急かさなかった。ひとり腕組みをしたままフェイフューの次の反応を待った。

どれくらいの時が過ぎた頃だろう。

「すごくいやな仕事です。ハレンチできたならしいです」

結局、フェイフューはそう断言した。

「ぼくならばぜったいにやりません」

言いながら顔を上げたフェイフューの幼い肩を、ナーヒドが強くつかむ。

「やらせはせぬ」

ナーヒドの手に、力が込もる。

「このナーヒドが、命に代えてでも」

そしてひざまずく。目線の高さが近づく。

フェイフューは確かに頷いた。そんなフェイフューの様子を見て、ナーヒドは大きく息を吐いて手を離した。

「なぜそのような仕事に身をおとす人々がいるのでしょうか。そんなハレンチなこと、ぼくなら絶対にいやなのですが」

ナーヒドは説明を再開した。

「酒姫（サーキイ）は、その代わりと言ってはなんだが、良い家に住み、良いものを食べ、良いものを着て暮らしている。主人にとっては貴重な財産であるから、金をかけて飾り立てるものなのだ。それに、気前の良い主人につければ――そしてその主人が特別にその者を取り立てれば、別の仕事にありつけることもある。中には主人に付き添っているうちに宮殿で政治の仕事に就く者もある。一人二人ではない、宮殿にはいつの時代も伝統的に何人かはそういう出自の者たちがいる。サータム人に占領された今の宮殿とて例外ではない」

「ナリアガリというやつですか」

「おおせのとおり。そういうことを目当てに貧しい家の子弟が自ら身売りをすることもある。一概に誰もが皆嫌々やっているとは限らない。あるいは――そう扱われることが好きな者もあるだろう、自分にはまったく想像の及ばない話だが」

そこで、一度、「うむ」と唸った。

「自分にご説明できるのはここまでだ。酒姫（サーキイ）についてもっとお知りになりたいのならばエルにお訊（き）きになるといい」

「エル？」

小首を傾げる。

「エルナーズですか？　西の？」

「ああ、西方の、翠（すい）将軍エルナーズにござる」

「エルは酒姫（サーキイ）だったのです？」

「厳密には違うが、我々からしたら近いものだ。しかしそのへんの違いもエル本人から説明させたほうがよかろう。自分はどうも、そういうことには疎（うと）い」

フェイフューが責める口ぶりで言う。

「エルは西部にいるではありませんか。遠いです。呼んだら来てくれますか？」

「まあ、来ないだろうな、あやつは」

ナーヒドはまた眉間（みけん）のしわを深めることになった。

「とにかく、将軍は将軍になるまでいろいろな経歴を送っている者があるということとにござる」

「ふうん」

それ以上ナーヒドからの説明は期待できないと判断したのだろう。

「何となくわかってきたからもういいです」

「左様か、よかった」

ナーヒドは胸を撫で下ろした。

「しかし、何がどうして酒姫（サーキイ）のことをお知りになりたいと？」

「酒姫（サーキイ）のお友達ができました」

ナーヒドが顔をしかめた。フェイフューに「どこで」と問い掛ける。フェイフューは臆（おく）することなく答えた。

「王立図書館ですよ。やとい主が教養を身につけるようにと本を読ませてくださるのだと言っていました」

「大きな家の豊かな主人ならばそういうこともござろう。自分の身の回りに侍（はべ）らせる最高級の嗜好（しこう）品、自分の好みに育て上げようとする者も多い。しかし、よほど余裕のある家の酒姫（サーキイ）なのだろうな」

「それで、とてもたくさんの本を読んでいる、とても頭の良いひとなのです。ぼくより五つ年上だそうですが、とても丁寧な人で、ぼくにとてもいろんなことを教えてくださいま――した」

一瞬、声が震えた。その震えはおそらく怒りからくるものだろう。

「もう会えないかもしれないです……」

予想していたかのように、ナーヒドは穏やかに苦笑した。

「急なことでござったか」

「いえ……、ぼくには教えてくださらなかったのですが、前々から決まっていたかのような口ぶりでした」

「決まっていた——とは」

「帝国に行ってしまうのだそうです」

途端、だった。

「はあ？　帝国だと？　サータム帝国か？」

ナーヒドが声を荒らげた。

「なぜサータム帝国に？　酒姫(サーキイ)も立派なアルヤ人だぞ。それももしかしたら将来は宮殿に勤めるかもしれぬような未来ある若者を、なぜサータム人なんぞに引き渡さねばならぬ」

「そうでしょう⁉」

フェイフューも乗りかかるように声を大きくした。

「売られてしまうのですって！　くわしいことは教えてくださいませんでしたが、やとい主の都合で、帝国に行かされてしまう、と。売られると言っていたのです！」

「そのようなことがあってたまるか」

ずっとこらえていたのだろう。小さな拳を握り締め、フェイフューはとうとう言った。

「ナーヒド、どうにかしてください！　助けてあげてください！」

「ああ、なんとか——」

そう凄んだのも一瞬だ。

「——ならぬ」

次の時声が小さくなったのを、フェイフューは目を丸くして聞いていた。

「何ともならぬ」

「どうしてですか⁉」

「きりがないからにござる」

口を開けて聞いていることしかできない。

「酒姫は上から下まで大勢いる。一人に手を出せば全員に手を出さなければならぬ。今回はたまたま相手がサータム帝国の人間のようだが、主人に他家へ売られる酒姫はおそらくいくらでもいるはずだ。その全員を突き止めて保護をするのは不可能だし、したところで次はその後どこへやるかが大きな問題になろう」

「そんな……」

「だいたい、個人の家中の事情に公権力のかたまりである将軍が介入するなど、どこからどんな反発を受けるか知れぬ。相手は酒姫に教養を求めるほどに高位の貴族なのだろう、こちらも相当周到な準備をしなければ——それこそ、官憲である白軍に立ち入り調査をさせるくらいの仕掛けが必要にござれば。しかしいずれにせよ越権行為だ。ウマルの許可も要るだろうし、白軍の長であるティムルなどは秩序を乱すと判断すれば逆にこちらへ否定的な態度をとるかもしれぬ」

ナーヒドは「王であれば」と言った。

「アルヤ王国国王であれば、助けることもできるのだが」

フェイフューが「王ですか」と呟いた。

「王であれば、どのようにできますか？」

「王が一言酒姫というものを解放するとご下命になれば、この国からは酒姫というものはなくならなければならなくなる。それでもなお囲っている者があるとなったら、その者の屋敷は官憲に踏み入られても文句は言えまい。あるいは、そこまでやらずとも、王であれば、理由なく個人の屋敷に踏み込むことも可能だ。目をつけたひとりを独断で宮殿に連れ帰ることもできる」

「父上がいてくだされば止められたのですか」

「あるいは、先王陛下に代わる新たな王を立てることができれば」

そこまで言うと、フェイフューは黙り込んだ。ナーヒドはしばらくの間彼を眺めていた。彼は何も言わなかった。ただ呆然と床を見つめているだけだ。

ナーヒドの手が、ふたたび伸びた。フェイフューの華奢な手首をつかんだ。

「殿下が王になられれば、殿下の一声ですべてが解決する」

フェイフューが弾かれたように顔を上げた。

この時の蒼い瞳には、先ほどあったような強い光はなかった。どこか不安げにさまようその目がナーヒドの黒い瞳を見つめ返すことはなかった。

「けれど、それは、ソウェイル兄さまの――」

「良い機会にござる。殿下、改めてウマルにお会いなされよ」

「ぼくは――」

「殿下。殿下以外にはもういらっしゃらないのだ」

だが気丈なフェイフューはすぐ気を取り直してナーヒドを強くにらみつけた。

「いいですよ。では仮にぼくが王になるとしましょう」

「仮に、など――」

「なるとしても、ですよ？　ラームがサータム帝国に行ってしまうのには、間に合わないのですよね。あと半月しかないのです」

「ラーム――その酒姫の名か」

「はい、正しくはラームテインという人です。ぼくが王になると約束できればどうにかしていただけますか」

「どこの家の酒姫(サーキィ)かわかれば、あるいは、とも思ったのだが……聞いたことがないな」

「ナーヒドの役立たず。それでしたらやはりぼくは王になるのなどいやです」

ナーヒドが唇を引き結んだ。

「もういいです、ぼくが自分でどうするか考えます。ぼくのお友達です、ぼくがなんとかしてみせます」

ナーヒドは自分を振り払って駆け出した小さな背中を見送った。見守るだけで結局何もできずじまいだ。

ニマーが宮殿でとんでもない情報を仕入れてきた。

彼はしょっちゅう極秘情報を持って帰ってくる。帝国の高官の傍近くに控える職務の役得だと言う。よほど信頼されているのか情報が偽物だったことはない。彼も腐ってもアルヤ人官僚ということだ。

今回の話題は、フェイフューが王位継承者として総督に認められる、という内容だった。

翌週宮殿で謎の催事が行われることが決まった。招集の名目は今のところ非開示だが、文官たちの一部はフェイフュー王子のお披露目式だと察している。

もちろんニマーも呼ばれている。

ラームテインもうまくニマーに取り入れば参加できるとふんでいた。

しかし当日の朝、ニマーはラームテインは連れていかないと宣言した。彼は、賢すぎる子には可愛げがない、と言って他の酒姫(サーキイ)を連れて出掛けたのだ。

もちろん口先だけのことだ。ニマーは本当のことはなかなか言わない。おそらくラームテインが必要以上の情報を抱えてサータム帝国に行くのがニマーにとって都合が悪いのだろう。

いずれにせよ、連れていってもらえないことには変わりがない。

ラームテインはつかみかかりたい気持ちをこらえて笑顔で見送った。

夕暮れ時のエスファーナを、ひとりうつむきながら歩く。都会の人々は人混みに慣れていて歩みの遅いラームテインも器用に避けて行き交(か)う。

生殺しだ。今になってようやく自分もニマーの匙(さじ)加減に振り回されていたことを知る。自分もまだまだ未熟だ。

アルヤという名の王国がふたたび成立する。

独立国家としてではない。サータム帝国の保護国だ。ラームテインの生まれたアルヤ王国が蘇生するわけではない。

王を押さえられてしまった。自分たちは新たな王を立てて帝国に反旗を翻す機会も奪われてしまった。

フェイフューの顔を思い出す。

あのまっすぐな王子が帝国の傀儡となってアルヤ人たちの首を絞める。彼の意思に反して彼の存在がアルヤ王国にのし掛かる。

いつしか目覚めたアルヤ人たちが帝国からの独立を求めるようになった時、何の罪もない彼もまた帝国の手先として打倒されるかもしれない。

もっと正確で詳細な情報が欲しい。この世界が、この大陸が、アルヤという国とサータムという国の関係が、現状はどうなっていて今後はどうなろうとしているのか俯瞰で見たい。

サータム帝国に行ったほうが早いのか。

ニマーは自分をサータムのどんな立場の者に売ったのだろう。より多くのことを吸収できるところに行けるだろうか。サータム帝国の宮廷には接近できるだろうか。自分を押し殺す苦痛に見合った未来が開けるのだろうか。

できることならひとつでも多くのことを学びたい。

そして、その学びをもってアルヤ王国に貢献したい。

しかしそれは母国を思っての感傷ではない。

今までは知識欲を満たしたいだけだった。学識を得て今の酒姫(サーキイ)としての暮らしを忘れることができればよかった。

今は違う。

王にさせられるフェイフューのために何かをしたい。フェイフューが国を背負って立つというなら、そのフェイフューの国のために何かをしたい。あの利発で聡明(そうめい)で素直な王子に、屈辱にまみれた生活を送らせたくない。

サータム帝国に行くことを打ち明けた日以来、フェイフューと会えていなかった。

後悔したラームテインは翌日もそのまた翌日も毎日王立図書館に通ったが、会えずじまいだ。

もしかしたらそもそも図書館に来ていないのかもしれない。王位継承者ともなれば気軽に外出できまい。

フェイフューは今頃何を考えているのだろう。蒼宮殿でサータム人に囲まれているのだろうか。怖い思いをさせられていないといい。

もっといろんな話をすればよかった。こんな形で遠く離れ離れになる日が来るとは思っていなかった。

今になっていろいろな思いが湧き起こる。自分は自分で思っていたよりあの年下の友人を好いていたらしい。

三日後にはサータム帝国へ送り出される。フェイフューが大人になって国のために政治をしようと思うようになる頃には、ここへ戻ってこられるだろうか。

不意にざわめきが聞こえてきた。今歩いてきたほうからだ。騒ぐ声が聞こえる。立ち止まって振り向いた。

男たちが大声で怒鳴りながら通りを走ってくる。

「速報だ！　大事件だ！」

男たちは紙を撒いていた。どうやら新聞の号外のようだ。通りを行き交っていた人々が受け取って眺めては悲鳴のような声を上げた。

ラームテインは自ら男たちに駆け寄った。フェイフューのことだと思ったのだ。きっと総督府での催事が終わって一般民衆にも情報が公開されたのに違いない。

それにしても騒ぎが大きすぎはしないか。

フェイフューが生き残ったこと自体は終戦直後からの周知の事実だ。彼を中心に王家を再興し王国を復活させることを望む声もあちこちから聞こえていた。

望みが叶ったことを喜んでいるのだろうか――それにしては血相を変える人が多すぎはしないか。ひざまずいて涙を流す者さえ現れる始末だ。

腕を伸ばして号外を受け取り、紙面を眺めた。そして、躍る表題に目眩を覚えた。

――蒼い髪の王子がふたたびこの世に姿を現す。

失ったものだと思っていた。半分忘れてすらいた。王子とつく者はフェイフューをおいて他にいなくなったのだと、すべてのアルヤ人が信じ込んでいた。

『蒼き太陽』だ。初代国王と同じ神聖な蒼い色を宿す王子が生きている。

アルヤ民族は本物の太陽を取り戻した。

ラームティンは走り出した。

アルヤ民族とサータム帝国の関係が変わる。


「ご主人様！」

屋敷の中はすでに騒然としていた。

大勢の部下たちに囲まれたニマーが、いつもは見せぬ強張った表情で何事かを指示していた。ただならぬ空気に近づきがたいものを感じたが、今は臆している場合ではない。

「ご主人様」

「ラーム」

案の定険しい顔で「下がっていなさい」と言われた。ラームティンは「申し訳ございません」と言いながらも食い下がった。

「『蒼き太陽』がおいでになったとか。お隠れになったのではございませんでしたか」

「知ってしまったか」

忌々しげに吐き捨ててからラームティンのほうを振り向いた。

「赤将軍ユングヴィが三年前から保護していたらしい」

「ユングヴィ将軍がですか」

「今は将軍でももとはこの都の路地で寝起きしていた子供だからな、我々の知らぬ抜け穴を知っていたに違いない。まして将軍ともなれば我々文官は誰ひとりとして口出しできない」

「では本物のソウェイル王子なのですね」

「本物も何も、間違えようもない！　あの蒼い髪、まことに空を染める太陽のごとき色をしていた」

「ご主人様もご覧になったのですか」

「この目でしかとな」

ニマーがこんな言葉をこぼした。

「戦争になるところだった」

その言葉から逆に戦争にはならなかったのだと察した。

将軍ともなれば武官たちがみんな味方をするに決まっている。まして赤将軍ユングヴィは姿の見えぬ女将軍として神秘のヴェールに包まれており、信者とも言える熱心な兵士は多いと聞いていた。彼女が挙兵すると言い出せば戦争が始まってもおかしくない。

それでもその場は収まったのなら、当面は現状維持だろう。

『蒼き太陽』もフェイフューと双子でまだ九歳の子供だ。自分から何らかの行動をとれるとは思えない。

もっと先を想像する。

「では今回のフェイフュー殿下の一件は？　『蒼き太陽』がいらっしゃっては王位継承の順位が変わります。白紙に戻るのでしょうか」

ニマーが首を横に振る。

「ウマル総督は王国の復活を撤回しなかった」

「では『蒼き太陽』がご即位なさると？」

「いや、総督はお二人の王子を競い合わせるつもりらしい。どちらが王位につくかご本人たちを相争わせるとのことだ」

息を詰まらせたラームテインへ、ニマーはさらにたたみ掛けた。

「しかもその日が来るまでウマル総督がご兄弟両方の後見をすると宣言した。今やお二人ともウマル総督の手中、帝国とのつながりはますます太くなる一方だ」

ニマーの腕が伸びてきた。太い指がラームテインの華奢（きゃしゃ）な肩に食い込んだ。

「もはやアルヤ民族へのサータム帝国の影響力は決定的になった。これからの時代は帝国がアルヤ王の保護者になるぞ」


蒼宮殿の回廊を、白いクーフィーヤをかぶり貫頭衣（カンドゥーラ）を着た男が、数人の従者を連れて歩いていた。

柱と柱の間をそよ風が吹き抜ける。エスファーナの外を流れる奇跡の川ザーヤンドから渡ってきた風だ。湿っていて涼しい。

「エスファーナはいいねえ」

中央を行く男が目を細めた。

「我らが帝国の都の風とは違うね。向こうでは風など吹いたら砂だらけになってしまうよ」

付き従う男たちもみんなそれぞれに頷（うなず）いた。

「これだからエスファーナに住むと離れられなくなるのだ」

「ウマルそうとく」

中央の男――ウマルが振り向いた。

「やあ、おちびちゃんたち」

ウマルの数歩後ろで、似通った顔立ちのまだ幼い少年二人が、ウマルをまっすぐ見据えている。

「珍しいではないか、君たちのほうから声を掛けてくれるとは」

ウマルが微笑んで手を伸ばした。前に立っていたフェイフューが嫌そうな顔をしてよけるように一歩後ろに下がった。かわってソウェイルが一歩分前に出た。

「そうとく」

「そんな堅苦しい呼び名はやめたまえ。気軽におじさんと呼びなさいと教えてあっただろう」

フェイフューは頑なに「そうとくにお話が」と貫こうとしたが、ソウェイルは何のためらいもなく「おじさん」と呼んでみせた。

「おじさんに相談があるんだけど」

「そう。聞いてあげるからもうちょっとこちらに寄りなさい」

フェイフューは動かなかったが、ソウェイルはもう三歩分ウマルに歩み寄った。

ウマルの腕が伸びてソウェイルの肩を抱く。フェイフューは「だめです」と言ったが、当のソウェイルはまったく平気そうだ。子猫のようにウマルの胸に額を寄せた。

フェイフューが慌てた顔と声で「兄さまいけません」と手を伸ばす。そして、兄の着ている着物の背中をつかむ。だが、ウマルも離さないし兄のほうも強いて離れようとはしない。

「何があったのかな？」

ウマルが嬉しそうに訊ねてきた。

「遠慮はしなくていい、何でも話してごらん」

「——だって、フェイフュー」

ソウェイルがフェイフューを振り向いた。

フェイフューは最初のうちこそ黙ってウマルをにらみつけていたが、ややして口を開いた。

「助けてほしい人がいます」

「ほう、私にかい？」

「ぼくの大事な友達がサータム帝国に売られてしまいそうなのです。そうとくのお力でなんとかなりませんか」

ウマルが腕の中のソウェイルを見下ろした。彼は弟の顔を見ていた。

「サータム帝国のことならおじさんに言ったらいいんじゃないかっておれが言ったんだ」

　ソウェイルがそう言うと、フェイフューはばつが悪そうに目を逸らした。ウマルは大笑した。

「フェイフューもソウェイルのように可愛く甘えてきたら考えてあげよう」

「えっ」

「冗談だよ、そんなことを強いたと知れたらナーヒドに斬られてしまう」

　腕の中の少年を優しい手つきで押し出す。

「お兄ちゃんを返してあげよう」

　フェイフューが急いで兄を抱き締めた。

「難しい相談だが、少し話を聞こうかな」

　身を屈め、双子に目線を近づける。

「確認したいのだが、サータム『帝国』に売られそうなのかい？　サータム『人』に売られそうなのかい？」

　なおも警戒しながらも、フェイフューが答えた。

「帝国にです」

　ウマルが自らの顎ひげを撫でる。

「アルヤ国の外に行ってしまうのだね」

「はい」

「もしもそのお友達の主人がサータム帝国の客と正式な契約書を交わしていたとしたら、客のもとからお友達を連れ戻すのは容易なことではない。アルヤ国にいるサータム人のもとへ行くのならば、上官の立場を悪用して私に譲るよう迫れたかもしれない。しかし、帝国の中の話になってしまうとね、私であっても裁判所に引っ立てられて法官に叱られてしまうよ。残念だ」

フェイフューが呟いた。

「帝国に行く前までならばいいのですか」

ウマルが片目を閉じてみせた。

「フェイフューは聡いね」

そこでひとつ口笛を吹く。

「だが職権の乱用はよろしくない」

「わかりました」

フェイフューが神妙な面持ちで頷いた。

「ちなみに、そうとくは酒姫というものを知っていますか」

「もちろんだ、アルヤ浪漫の最たるものではないか。旨い酒、柔らかい果物、美しい少年——アルヤ文化は最高だよ。せっかくアルヤ国に来たからには一度でいいから美しい酒姫に酔ってみたいものだ。君たちも可愛い顔をしてはいるが、さすがに世論が許すまい」

　表情をひきつらせたフェイフューを眺めて、意地悪く笑う。

「どんな子なのかね」

「きれいで物知りな十四歳のお兄さんです」

「ふむ、ふむ。十四歳のアルヤ人の美少年ね」

「とてもきれいなお兄さんですよ。どうですか」

「私には何にも言えないよ。いいね？　フェイフュー。君は賢いからわかるだろう？　私は何にも言っていない。いやあ、会える日が実に楽しみだなあ」

　デヘカーン家に迎えの一団が訪れた。全部で五名だ。いずれも砂漠の遊牧系サータム人らしく、全員揃えたように白い貫頭衣(カンドゥーラ)を着ていた。武具の類(たぐい)はみんな腰の短剣(ジャンビーヤ)だけだ。一見しただけでは無害な隊商(キャラバン)の一行に思われた。

　そのうちの一人、とりわけ恰幅(かっぷく)の良い男が、ひげ面に笑みを浮かべてニマーに右手を差し出した。ニマーもすぐさま右手を出し、固い握手を交わした。

「私が責任をもってお届け致します。道中の心配はありません。私はこう見えて帝国では名の知れた商売人です、控えている者たちも皆商売上の部下に見せかけた護衛です」

流暢(りゅうちょう)なアルヤ語だった。アルヤ語は東大陸における通商上の公用語だ。この男はその筋では相当なやり手に違いない。

「ほう、この人数で砂漠を渡るとなるとなかなかの達人揃いなのだな」

「もちろんです――と言いたいところですが、私も長年通商路を渡り歩いている者です、念には念を入れますよ。エスファーナの外にらくだを待たせていまして、そこでもう何名か追加をする予定です」

「エスファーナの外に、かね」

「エスファーナはよそに比べれば治安が良いですから。武器を持った人間が大人数で固まって歩くほうが白軍に目をつけられます。武装は軽微にしたほうがいい」

「ふむ、エスファーナ事情にも明るいと見える。頼もしいですぞ」

ニマーがラームティンに腕を伸ばした。そして、拒む隙を与えることなくその手でラームティンの頬を包み込んだ。

「とうとうこの日が来てしまったな。こんなにも寂しいものだとは思っておらなんだ」

ラームティンは笑みを作ってやった。

「今までありがとうございました」

強く抱き締められた。

「ラーム」

　ニマーのまとう香の匂いに一瞬だけ顔をしかめる。この臭い匂いとも今日でおさらばだ。

「お前の幸福をここから祈っているぞ。永遠に、この命尽き果てるまで」

「僕もです、ご主人様」

「おお、ラーム、ラームや」

　茶番だ。しかもしつこくて日が暮れるまで続くのではないかと思った。ついついどうやって解放してもらおうかと悩んでしまった。幕を引いてくれたのは様子を見守っていたサータム商人だ。

「あまり長く惜しんでいますと離れられなくなりますよ」

　サータム商人に肩をつかまれ、ニマーが離れた。

「貴殿のおっしゃるとおりだ」

　商人がひとのよさそうな笑みを浮かべた。

「ではな、ラームよ。いつまでも息災で。お前が帝国で活躍することを期待しておるぞ」

「はい。ご主人様こそ」

　今度は商人に肩を抱かれた。強く引き寄せられて「さあ」とささやかれる。そんなことなどされなくともニマーやデヘカーン邸に未練はない。ラームテインは前を見て歩き始めた。一切振り返らなかった。

三年暮らした屋敷から一歩ずつ離れていく。図書館に通うため何度も行き来した通りを一歩ずつ踏み締めていく。

これでお終いだ。

帝国で一からやり直そうと思った。ニマーの言うとおりになるのは癪だが、自分は本当にこれから帝国でどうやって道を切り開いていくかを考えたほうがいい。そのほうが建設的で生産的で現実的なのだ。

しかし、大きな交差点に出た時だった。

サータム商人がひげの下で笑った。先ほどニマーに向けたひとのよさそうな笑みとはまったく違う、嫌な感じの表情だった。

「それにしても、綺麗な子供だな」

大きな宝石の指輪のついた指が顎をつかんだ。顔をむりやり上げさせる。

「長年アルヤ人の子供を扱っているが、お前ほどの上玉にはなかなかお目にかかれない」

ラームテインは思わず顔をしかめた。サータム商人が愉快そうに目を細めた。

「デヘカーン卿がうらやましい。いったいどこでお前を仕入れたのか。やはり田舎でみなしごを漁るのではなくエスファーナの深窓育ちを狙うほうが儲けになるのか」

子供を扱っている——仕入れる——みなしごを漁る——深窓育ちを狙う——冷たいものが胸中を過ぎった。

サータム商人が周囲の護衛たちにサータム語で何事かを告げた。手を出すな、と言っていたように聞こえた。いつもの商品とは違うのだから、と——

「貴方は奴隷商なんですか」

ラームテインの問い掛けに、サータム商人は難なく「ああ」と答えた。

「子供の運搬に慣れているからのご指名だ。お代としてすでに何人か納めていただいている」

ニマーにそんな面もあったとは知らなかった。

絶句したラームテインの髪を撫で、「心配ない」と言う。

「今からお前をお届けする先は皇帝陛下のご親族だからな。大事な大事な商品だ。疵をつけたら首が飛ぶどころの騒ぎではない。お前を丁重に扱う」

「ちょっと待ってください、僕は奴隷として売られるんですか？」

「声が大きい。ひとに聞こえるだろう」

大きな手で口を塞がれた。

「違いに何か、こだわりが？」

商人の瞳（ひとみ）が鈍く光る。

「酒姫（サーキイ）と奴隷はどう違う？　サータム人の私にはまったくわからない」

自分はそういう意識の者たちに囲まれたところへ行くのだ。

次第に大通りから離れてきた。いつの間にかひとけの少ない路地へ進んでいた。入り組んだ道を歩かされる。もはや道というよりは壁と壁の間といったほうが合う。枷（かせ）をはめられているわけでも縄で縛られているわけでもないのに、逃げられなくなっていく気がした。

一歩遅れただけで周りを固めている護衛の男に肩を小突かれた。

自分はこれからどこで何をやらされることになるのだろう。ニマーの酒姫（サーキイ）として暮らしていた時と変わらないのではなかったのだろうか。もっと低い身分に落とされるのだろうか。耐えればサータム帝国で何らかの地位を得られる話は、いったいどこへ行ったのだろうか。

何の変哲もないエスファーナの裏路地の壁が、急に重苦しく感じられるようになった。

向から先が読めてきた。エスファーナの城壁にある門の中でも南西の門のほうへ進んでいる。通商路の一部となっている東西の門とは異なり、地元の民しか使わない小さな門だ。

それは暗に今の自分たちが大きな門から堂々と出られる立場ではないことを示している気がした。

頭の中が真っ暗になった。

一生犯され続けながら暮らすくらいなら、死んだほうがいい。

周りの男たちの腰にある短剣(ジャンビーヤ)に目を向けた。

どこかで、どうにかして、どうにかなるしかない。

その時だった。

ラームテインの思考を読んだかのように、顎の下で銀の光がひらめいた。

刃物だ。後ろから喉元(のどもと)に刃物を突きつけられた。

腕をつかまれた。衝撃で体が前に傾く。刃先に喉が触れかける。血の気が引く。

ほんの少しでも動いたら切れる。動けない。

護衛の男たちがサータム語で叫んだ。商人が「貴様何者だ!?」とアルヤ語で言い直した。

ラームテインに刃物を突きつけている人物は、何も答えなかった。

背後のことなので、ラームテインには相手が自分より大きいのか小さいのかもわからない。わかるのはただ強い力で後ろに引かれていることだけだ。

引きずられるまま一歩二歩と下がる。さらに狭い小路(こみち)へ引きずり込まれる。

護衛の者たちが追い掛けてくる。

不意に小路の奥へ突き飛ばされた。背中が壁にぶつかった。

痛みをこらえながら壁を見た。

袋小路(ふくろこうじ)だ。行き止まりだ。どこへも行けない。

正面を見ると、先ほど自分へ刃物を突きつけてきた人物が立っていた。

ラームティンより頭半分ほど大きいが、成人男性としては中肉中背といったところか、体軀(たいく)に特徴はなかった。服装もよくあるアルヤ人の赤いベストに白茶けた筒袴(つつばかま)だ。ただし、頭部に巻いたターバンで顔を隠していて、背には大きな棒状の何かを背負っている。

護衛の一人目が短剣(ジャンビーヤ)を抜いて跳びかかってきた。その人が上体を屈(かが)めみぞおちに肩をぶつけると、一人目が後ろの二人目にぶつかって倒れた。

二人目が一人目を踏み越えて迫ってくる。その人が二人目の短剣(ジャンビーヤ)を持つ手首を握り締めて引く。二人目はその力に逆らえず体を引きずられた結果一人目を勢いよく踏みつけてしまった。一人目が意識を失った。

引いた二人目の腹にその人が拳(こぶし)を叩(たた)き込んだ。その際もう片方の手は二人目の手をけして離さなかった。自然と腹に拳がめり込んでいった。

二人目を投げ捨てるように後ろの壁へ叩きつけた。すると二人目は、ラームティンのすぐそばで昏倒した。ラームティンは思わず小さな悲鳴を上げてしまった。

その人が地面に転がっていた一人目の手首を踏むと、一人目の手に握られていた短剣が跳ね上がった。爪先で器用に短剣を宙へ放り投げる。空中で柄をつかむ。

手に入れた短剣を目の前にいた三人目に向かって放り投げた。

三人目が向かって左に避けた。そこを、左足の蹴りで迎えた。三人目の体が向かって右の壁に勢いよく叩きつけられた。とどめと言わんばかりに、その脇腹に肘を叩き込んだ。

四人目の肩にはすでに先ほど投げた短剣が突き刺さっていた。

その人は、三人目の腕を手すり代わりにつかんだ状態で、両足を揃えて跳ね上がった。

四人目の肩に突き刺さっている短剣を踏みつけるようにして蹴る。見ているだけでも激痛が走ったのが伝わってきた。

絶叫して倒れたところを、背中側からつかみかかる。腕で首を絞め上げた。四人目も泡を吹いて白目を剝き、沈黙した。

ひとを呼ぼうと思ったのか、サータム商人は外の通りに向かって走り出していた。

それをその人は後ろからつかんだ。勢いよく引くと商人はそのまま地面に転がった。

商人が短剣を抜こうとしたが、そうはさせない。背に負っていた太い棒のようなもので短剣を叩き落とす。商人が打たれた手を押さえ地面にうずくまった。

速かった。すべてが一瞬のことだった。

サータム商人の手を踏みつけつつ、謎の人物が言った。

「諦めな。どうせ大きな声では言えない荷物なんでしょ。おとなしくよこしな」

ターバン越しでも何と言ったかは聞き取れた。声はさほど低くなかった。体軀といい声といい、実はまだ少年なのかもしれない。

「貴様、どこの手のものだ。私の商品に手を出してタダで済むと思っているのか」

謎の人物がサータム商人の顎を下から蹴り上げた。大きな硬い音がした。サータム商人が唸るような声を上げた。次の時顔を見せたサータム商人の口からは赤い泡が吹いていた。

「こちらはあんたをよく知ってるけど？　宴の席ではあれほどお頭にごまをすっていたあんたがよくも偉そうに」

それまでの暴行にはひるまなかったサータム商人だったが、それを聞いた途端目が泳いだ。

その隙を狙ったらしかった。

「行くよ」

その人はまっすぐ背後の壁のほうへ向かった。

そちらは行き止まりだ。

しかし、その人は転がっていた護衛の男の体を踏み台にして跳び上がった。

「よっと」

指先が壁の上に届いた。つかんだ。

直後もう一度壁を蹴って弾みをつけた。

壁の上に立った。

そうして、ラームテインに向かってその手を伸ばした。

「来なさい！」

どうしよう。

振り向いた。

サータム商人も怒鳴りながら手を伸ばしてきていた。

「だめだ！　こちらに来い！」

頭上から声を投げかけられる。

「帝国に行くかエスファーナに残るか今すぐ決めなさい！」

ラームテインは決心した。

エスファーナに残れるなら、その中のどこに行かされることになろうとも、帝国よりはいいはずだ。サータム人の下で飼い殺されるくらいなら、エスファーナで死んだほうがいい。

壁の上の人物へ手を伸ばした。

手をつかんだ。

肌の荒い、しかし温かい手だった。どこか頼もしく感じられた。

強い力で上に引かれた。ラームティンも護衛の男を踏みつけて体を上に持ち上げた。

「こっち」

壁の上で待っていたその人が、それこそ猫のような身のこなしで、壁の向こうへ降り立った。

悩んでいるひまはなかった。

ラームティンは高さに目がくらみつつも従うことにした。

意を決し目を閉じて踏み出した。

体が宙に浮く感覚の気持ち悪さに気を失いかけた。

一応なんとか着地した。足の裏が痛い。

ラームティンを見ることなく、その人は地面にしゃがみ込んでいた。何かと思えば地面に丸いふたがついている。

その人が地面のふたを持ち上げると、人間が二、三人はくぐれそうなほどの大きな穴が出てきた。

「こっちだよ。おいで」

また、ためらうことなく飛び降りていった。

覗き込むと、穴の中でその人が両腕を広げて待っている。

「飛び込むんですか」

思わず訊ねてしまったラームテインに、「ははは」と明るく笑いかける。

「受け止めてあげるよ！」

想像だにしなかった陽気な返答に困惑した。

後ろの壁を振り向いた。いつあのサータム商人と護衛たちが意識を取り戻して追い掛けてくるかわからない。早く逃げなければならない。

身を躍らせた。

わずかな間のことだったが、永遠にも感じられた。

それでも、柔らかな胸の上に自分の胸が着地すると――と思ってから、初めて違和感に気づいた。

両手で力強く脇を支えられながら、子供のように地面へ向かって下ろされる。ゆっくりと両足が地面にたどりつく。

今、胸が、柔らかかった。

「はい、もうだいじょうぶ。この先は迷路だからね、万が一ついてこられてもすぐにまけるから心配しないで」

言いながら、その人は自分の顔に巻いていたターバンをほどいた。

出てきたのは、淡白な顔立ちの、短い赤毛に黒い瞳(ひとみ)の爽(さわ)やかな青年だった。

いや、青年ではない。

「びっくりしたよね？　何の説明もできなくてごめんね、急いでたから。でも安心して、私は味方だよ」

その人は——彼女は、人懐こそうな笑顔で微笑んだ。

「初めまして、私はユングヴィです。フェイフュー殿下のご依頼で迎えに来ました」

自分の身の上に何が起こったのかわからない。

呆然(ぼうぜん)と立ちすくんだままのラームテインを放置した状態で、彼女——ユングヴィは粛々と作業を開始した。壁に設置されていた松明(たいまつ)を手に取る。もう片方の手を帯にくくりつけた小袋に突っ込む。小袋の中から火打石が出てくる。

「持ってて」

ラームテインにむりやり松明を持たせて、火打石を火打金と打ち合わせた。火花が散る。松明に火がついた。

あたりが一気に明るくなった。

汚れた縄が一本、空から垂れているのに気づいた。

ユングヴィが縄を引っ張った。頭上で大きな重いものが引きずられる音がした。

地上に通ずる穴が少しずつ閉まっていく。どうやら縄はあのふたに結びつけられているらしい。ややして空からの光が完全に消え、明かりは手元の松明だけになった。

ユングヴィは手に持っていたターバンを自分の頭に巻き付け直した。今度は緩く、かつ顔が出るように巻いた。揺らぐ松明の火の中、ターバンからはみ出したユングヴィの赤く短い髪の毛先が輝いた。

最後、背に負っていた棒状のものを取り外し、体の前に持ってきて、布を外した。

赤い柄(つか)、赤い鞘(さや)――赤い神剣――赤将軍の証(あかし)だ。

神剣に布を巻き直す。これもターバン同様柄や鞘の一部を出して巻く。神剣がまるでおんぶ紐(ひも)に抱かれた赤子のような恰好(かっこう)になる。神剣だとわかる状態で背中に負い直す。

本物だ。本物の、伝説の軍神の一人、王の手足として都の裏側を闊歩(かっぽ)する闇の部隊赤軍(あか)の長、赤将軍ユングヴィなのだ。

「これでよし」

彼女は微笑んで松明に手を伸ばした。

「ありがとう、ちょうだい」

「はい」

「じゃ、行こうか」

松明を手渡しつつ、勇気を出して大きな声で問いかけた。

「お待ちください。ユングヴィ将軍、でいらっしゃいますか？」

ユングヴィが「あっはい」と間の抜けた声で答える。

「私が赤将軍ユングヴィですけど」

本物の、軍神だ。

「けど、そんな、かしこまらなくてもいいよ。私、そんな、偉いもんじゃないし。蒼宮殿の地下とかエスファーナの裏路地とかをうろうろしてるだけの、どこにでもいるおねーさんだから」

お姉さんなのか、とは、さすがのラームテインにも言えない。

赤将軍ユングヴィと言えば、謎に包まれた戦乙女で、エスファーナの闇夜を暗躍する神秘の女忍者で、何にでも化けられる美女、という噂がまことしやかに流れていた。身長はラームテインよりずっと高く、短い赤毛は傷んでいて、女性だと言われれば女性に見えるような、男性と言われれば男性にも見えるような、中性的な顔立ちをしている。

ラームテインは考えなかったことにした。

「気軽にユングヴィって呼びなよ。私もラームって呼ばせてもらうね」

ユングヴィがそう言いながら歩き出した。

「歩きながらおしゃべりしようか」

松明がユングヴィの進行方向を照らし出す。

そこは地下水路（カナート）に通じる地下道だった。

入るのは初めてだったが、知識としては知っている。

エスファーナは周囲を乾燥した砂漠に囲まれており、生活用水のほとんどを地中深くから汲（く）み上げた地下水でまかなっている。その汲み上げられた地下水を各街に行き渡らせるため掘られたのが、この、地下に蜘蛛（くも）の巣状に張り巡らされている地下水路（カナート）だ。

自分たちが今いるところは通路として使われているらしく水がない。だが、漂う空気は湿っていて、遠くからは水の流れる音が聞こえる。

「何ヵ所か蒼宮殿につながってるところがあるんだ。案内するよ」

ユングヴィが「おいでおいで」と言いながら前へ進む。ラームテインはおそるおそる後を追いかけた。

「将軍は――」

「ユングヴィでいいってば」

「ユングヴィは、地下にお詳しいんですか？」

「うん。私、バカだけど、将軍で一番エスファーナに詳しいと思う。地下でも地上でも何かあったらどこへだって向かうよ」

松明に照らされる笑顔が、不意にくもった。

「だから、フェイフュー殿下は私にご依頼くださったみたいだね」

言われてから思い出した。ユングヴィは自分をフェイフューの依頼で迎えに来たと言っていた。

「そうだ、フェイフュー殿下のご下命だったんですか？　フェイフュー殿下が僕を？」

「そう。ラームを蒼宮殿に連れてきてほしい、って」

やがて突き当たりに至った。道理で水の音が大きくなったと思ったら、目の前に川が現れた。

ユングヴィは通路を左に曲がった。ラームテインには東西南北の見当もつかなくなったが、ユングヴィの足取りには迷いがない。

「殿下、何が何でもラームが帝国に売られるのを阻止したいって、どうしたらいいのかずっと考えていらっしゃったらしい」

足元からは湿った地面を踏む音がする。だが足を取られるほどでもない。通路の脇に沿って進む水の流れもさほど激しくない。いずれも会話の妨げにはならない。

「でも、いくら王子様でも表立ってラーム一人のために動いたら国が乱れるから、って。なんとかこっそり手を回したいっておっしゃって、私にご相談くださったんだよ」

「ですが、ユングヴィも将軍ではありませんか。我々一般民衆にとっては、あなたがたは軍神です。このアルヤ国においては公権力に当たりませんか？」

「って思うでしょ？　そこが赤軍の強みなんだよ」

ユングヴィに問われた。

「私が名乗るまでにどこかで私が赤将軍ユングヴィだって気づいた？」

ラームテインは首を横に振った。

「街中で裏工作をするのがお仕事だからさ、赤軍兵士は赤軍兵士だと名乗らないいんだよね。私たちは私たちが軍人だってこともバレちゃいけない。だから、大抵の兵士は普段から一般人に紛れてて、三人に一人くらいは盗賊や物乞い（ものごい）のふりをしてるよ。もちろん私も」

世間一般に流布する赤将軍ユングヴィと実際の彼女がかけ離れている理由を考える。もしかして、わざと世間に現実と乖離（かいり）した赤将軍ユングヴィ像を与えているのだろうか。市民に本物のユングヴィがすぐそばにいることを悟られないように工作した結果か。

「ラームがデヘカーン家の子だってことを突き止めたのはベルカナだけどね」

前置きしてから説明を始める。

「赤軍の何人かに協力してもらってデヘカーン家を張った。今日サータム人商人が近づいたっていう情報をつかんでからは私が自分で。ただうまく逃げられる地点に来るまで黙ってつけてたから、その間怖い思いをさせてたらごめん」

「そう言えば、あのサータム人商人の顔を知っている、と……」

「あれは適当。人間の想像力ってすごいよね、ああいう風にテメーで考えろって言うと心当たりのある奴はだいたいああやって挙動不審になるんだ。あのひと、私のことどこの人間だと思ったんだろうね。ぜひとも逃げ帰って怪しい奴に獲物を横取りされたって騒いでほしいね」

　ユングヴィが苦笑した。

「悪い奴らに転売されたラームがウマル総督へ献上される。総督はラームがもともとはどこから売られてきたのか知らない、盗賊からの保護という名目で賄賂のラームを受け取るだけ」

　ラームテインは目を丸くした。

「僕はこれからウマル総督の下へ行くことになるんですか？」

「形の上ではね。でも蒼宮殿に駆け込めればこっちのもんだよ、蒼宮殿に住み込みなら四六時中フェイフュー殿下や私たちと一緒になるんだからさ。少なくともウマル総督がエスファーナにいる限り帝国に行くことはないし」

初めて、肩から力を抜いた。

「ラームは悪い奴にさらわれてウマル総督のところに送り込まれることになった。ウマル総督もラームもどこのどいつの仕業かは知らない。——っていうのを、徹底してくれる？」

「もちろんです」

これでサータム帝国に奴隷として売られる心配はなくなったのだ。

「全部、全部、フェイフュー殿下の筋書きどおり」

ユングヴィが松明を握り締めて溜息をついた
「誰にも、それこそ白軍にもバレないように、ラームを拉致してくる。これは、十神剣では、私にしかできないこと。殿下は、それを念頭に置いて、私にご相談くださったんだ。ずるいよな」

その表情が苦々しい。

「ちょっと図々しいよなあ、って思ったけど。ユングヴィにしかできない、って言われたら、なんか断れない気がしてきちゃって。ソウェイルにもフェイフューの言うとおりにしてあげてほしいって言われちゃうし。これ、私には拒否権ないのかも、みたいな」

ソウェイル、という名前が出てきたことで、ラームテインの胸は跳ね上がった。確かニマーが『蒼き太陽』はユングヴィが保護していたと言っていた。王子を呼び捨てにするのは、普通に考えれば、不敬だ。そういう常識を乗り越えるくらい親しくなったということか。

「私、単純だから、頼み事をされたら、そんなに信頼してくれてるんだ、ってちょっと心が動いちゃう時があって。フェイフュー殿下には嫌と言わせない圧みたいなのもあって、将来が怖いなって思うよね」

自分が九歳の時はどんな子供だっただろうと考える。つくづく末恐ろしい王子だ。

おそらく、彼は人の使い方というものをわかっている。

「うちのソウェイル、フェイフュー殿下と比べると、ちょっと、大丈夫なのかなあ……

……」

ラームテインは唇を引き結んだ。

「ごめん、独り言。忘れて」

フェイフューこそ統治者になるべきだ。

「まあ、いいんだよ。こんなご時世で有能なアルヤ人の若者が帝国に引き抜かれることのほうこそ心配しなきゃ。って、それもフェイフュー殿下の受け売りだけどね」

民のためを思い民の意思を動かし自ら思考し行動する、あの利発で聡明な王子こそ、自分たちの上に立つべき人格の持ち主に違いない。九歳にしてソウェイル方の総大将であるユングヴィにここまで言わせるほどの才覚があるのだ。成人したあかつきには今のアルヤ国に漂う閉塞感を打破してくれるのではないか。

たった九歳の王子にそこまで期待するのは酷かもしれない。けれど、もしフェイフューがその気になってくれるなら、今回の恩をいつか彼の政治のために働くことで返す日も来るだろう。

明るく無邪気な笑顔を思い出した。

あの笑顔こそまさしく太陽だ。

『蒼き太陽』が何だ。

アルヤ王国に必要な太陽はもはや神ではない。その力量をもってしてあまねくアルヤの民を照らす存在でなければならない。そうでなければサータム帝国には勝てないだろう。アルヤ王国が輝きを取り戻すためには、形式ばかりではない、もっと現実的に自分たちを導いてくれる確かな光が要るのだ。

「他に何か質問があれば遠慮なく言ってね。私に答えられる範囲のことだったら説明するよ」

「あ。ではその、念のため、ひとつだけ確認してもよろしいでしょうか」

「どうぞ」

「ユングヴィは、女性、です……よね？」

「私が男に見えるって？」

「ごめんなさい、何でもないです、忘れてください」

あともう少しで我らが蒼宮殿だ。

それが──次に角を曲がった時だった。

突然、だった。

ラームテインは耳鳴りのようなものを感じた。

耳元で誰かにささやかれた気がした。

──おいで。

立ち止まったラームテインに気づいて、先を行っていたユングヴィが振り向く。

「ラーム？」

誰かが呼んでいる気がする。

──早くおいで。

耳を押さえる。けれどまだ何かが聞こえる。何が聞こえるのかはわからない。水の音でもユングヴィの声でもない、自分の頭の中に直接語りかけてくる何かが聞こえる。

──あともう少しだよ、僕のラームテイン。

「どうかした？」

頭を振る。あたりを見回す。

音が、止んだ。

「誰か……、誰か、います？」

後を引く頭痛に似た感覚に顔をしかめながらユングヴィに訊ねた。ユングヴィが松明であたりを照らしつつ「誰も」と答えた。

「誰か近くにいたら私がすぐにわかると思うけど。隠れてる人間の気配って独特だからさ」

「隠れてはいないようですが」

自分の存在を隠すつもりなどない。あの声は真正面から自分に呼び掛けている。

「誰かが、呼んでいる――ような、気が」

しかしラームテインがそうユングヴィに言う頃には聞こえていたはずの声が止んでいた。水の流れる音しか聞こえない。

「あれ……？　何だったんだろう」

ユングヴィが首を傾げた。

「疲れてるのかな」

「そう、かもしれません。なんだかちょっと頭がぼんやりして」

「いろいろあったからしょうがないよ。蒼宮殿に行ったらちょっと休ませてもらおうね」

「はい」

「それとも今少し休んでから行く？」

「あ、いえ、そこまででは」

「そっか。まあ、あともうちょっとだし、大丈夫——だといいな。でもあんまり無理はしないようにね、何かあったらすぐに言ってよ」

ユングヴィがふたたび歩き出した。ラームテインは今までと変わらずその後に続いた。

——あともう少しで会える。


蒼宮殿には無数の小川が流れている。

いくらエスファーナの郊外には川が流れているといっても、アルヤ高原は基本的に乾燥した土地であり、生活用水は地下水に頼っている。

そんな中、蒼宮殿に流れる水は全部かけ流しらしい。

蒼宮殿の贅(ぜい)を凝らしたつくりに、ラームテインは感嘆の息を漏らした。

蒼宮殿の中央、すべての小川の源である巨大な人工の池の中に、天まで噴き上がるかのような大きさの噴水が九つ設置されている。そして、その中央の噴水のそばで二人の子供が水遊びをしている。

「フェイフュー殿下！」

ユングヴィが大声で呼んだ。

噴水で遊んでいた子供たちが動きを止めた。

ややして、片方が水飛沫を上げながら出てきた。

ラームテインは目を細めた。

太陽の下で黄金に輝く髪、意志の強そうな蒼い瞳、これから甘く成長していくであろう整った鼻や口元も、何もかもが最後に別れた時のままだ。

「ラーム！」

フェイフューが手を伸ばした。

しかしなぜかすぐさま自ら手を引っ込めた。

「すみません、水遊びをしていたので、ぬれていました」

構わなかった。

こちらから両腕を伸ばした。

フェイフューのまだ小さく華奢な手を両手で握り締めた。

そしてその場にひざまずいた。

「お久しゅうございます、殿下」

首を垂れたので顔は見えなかった。だが、表情は声でわかった。

「お久しぶりです、ラーム」

子供らしく弾む声が愛しい。

「ぶじで何よりです」

フェイフューの手が動いた。ラームテインの手を強く握り返してきた。

「はい、それもこれもすべて殿下のおかげにございます」

言いながら顔を上げた。フェイフューと目が合った。フェイフューは満面の笑みを浮かべていた。

「ユングヴィ将軍からお聞きしました、殿下が僕のために策を練ってくださったと」

「サクというほどのものではありません。ぼくには何の力もないので、ラームを直接助けることができなかったのです。でも、どうしても、帝国に行ってほしくなかったから、何としてでも止めないと、と思って。どうやったらこっそり助けられるか、いっしょうけんめい考えました」

フェイフューの微笑みは力強い。

「ラームほど優秀な方を失うのはアルヤ民族にとって大きなソンシツです。ラームがいてくだされればアルヤ民族の未来は明るいです」

熱いものが込み上げてくる。唇を引き結び奥歯を噛み締めて堪える。

この王子のために身命を捧げようと心に誓った。この王子こそが自分の唯一の主君であり、自分はこの王子に仕えるためここまでやってきたのだ。

　この恩義に報いるために自分はアルヤ国に残った。この先もこの王子がある限り自分はこの国のために身を砕くことになるだろう。この先表向きは誰の下に行かされることになろうとも、自分の心は死ぬまでこの王子の臣下だ。

「これからもたくさんお話をしてくれませんか？」

「殿下……」

「もうはなさないです。ラームにはぼくのそばにいてもらいます。これは、いやと言ってもだめですよ」

「承知致しました。このラーム、この身のすべてを殿下の御為に捧げましょう」

　もう片方の手も伸びてくる。ラームティンの手を上から包み込む。

「うれしいです！」

　すべての手が固く結ばれる。

　触れ合えた。

　これでもう離れられない。

　ところが――

「……うれしいのですが」

　束の間の喜びであった。

　次に、フェイフューはラームテインの意に反することを言った。

「ぼくのためにと言ってくださるのならば、時には、この国のために——ひいてはこのお方のために、がんばっていただくこともあろうかと思います」

　フェイフューは手を離した。そして、後ろを振り向いた。

　ラームテインは初めて気づいた。

　フェイフューの背後に、何か人ならざる者が歩み寄ってきていた。

　大きな蒼い瞳は色こそフェイフューと同じだが、そこには感情が映っておらず、人形の瞳のような硝子玉に見えた。深い二重まぶたも薄い唇も、まるで創造神が理想を像に彫って造ったかのように整いすぎている。何より、蒼く輝く髪——空よりも深い蒼色の髪は、地上の万物を照らす太陽の光そのものだ。

　思わず息を呑んだ。

　ニマーの言うとおりだ。これは、この目で見れば一目でわかる。

伝説の『蒼き太陽』だ。生きた伝説がここにいる。

『蒼き太陽』の大きな目が瞬いた。瞬きを必要としているところを見たことで初めて人間なのだと認識した。

「紹介します。ぼくの兄、ソウェイル第一王子殿下です」

『蒼き太陽』が目の前にいる。

ラームテインは動けなかった。

生きた神話がここにある。

ソウェイルの蒼い瞳がラームテインを見た。目が合ったような気がした。

けれど、次の時だ。

ソウェイルは黙ってフェイフューに身を寄せた。

「こら、ソウェイル」

どこからともなくユングヴィが出てきて、ソウェイルの細い手首をつかんだ。畏れ多いことだ。そんな簡単に触れてもいいのかとラームテインは震えた。

「人見知りするんじゃない。ちゃんとご挨拶して」

人見知りと言われて驚いた。『蒼き太陽』がそんな子供らしいことをするのか。

落ち着け、と自分に言い聞かせた。相手は初対面の人間に自ら名乗ることもできない子供だ。

ソウェイルが唇を尖らせる。

まだ、子供なのだ。

ラームテインは顔を伏せて唾を飲み下した。

厄介なことになった。

どう考えても利発で意志の強いフェイフューのほうが王の器だろう。民を率い国を治める務めに適うのはフェイフューのほうに違いない。

だがアルヤ人にとっての太陽は理屈ではない。神である太陽に必要なものは聖性だ。その点において蒼い髪、蒼い瞳、美しい顔かたちのソウェイルは圧倒的に有利だ。見るだけで民の心を揺さぶる。

自分はフェイフューの臣下になろうとしている。フェイフューがどんな子か知れば自分以外にもそうしたいと望む者が出てくるだろう。しかし何も知らないアルヤ人はみんなソウェイルに膝をつくはずだ。

このまま二人が成長したら、この国は乱れるかもしれない。

ソウェイルがフェイフューからその身を離した。そして、大きな瞳でラームテインを見た。小さな口を開こうとした。

『蒼き太陽』が声を発する――話しかけられる。

ラームテインが覚悟を決めた、その、瞬間だった。

地下水路で感じたあの耳鳴りがふたたび襲いかかってきた。

顔をしかめ、こめかみを押さえた。フェイフューが心配げな顔で「ラーム？」と声を掛けてきた。

ソウェイルが手を伸ばした。

耳鳴りが酷くなる。頭が痛い。

ソウェイルの手が、ラームテインの服の袖をつかんだ。

同時に声が聞こえた。

――おいで。

ソウェイルが、大きく目を見開いた。

「……このひとだ」

その唇から言葉が漏れ出る。

途端あれほど強かった耳鳴りが治まった。まるで奇跡のようにあたりが静かになった。

「待ってた。ずっと、あんたのことを待ってた」

袖を引かれた。そして「来てくれ」と言われた。

「呼んでる。早く行ってあげないと」

ユングヴィが「ソウェイル？」と問い掛ける。ソウェイルはそれには答えない。ただラームテインだけをまっすぐ見ている。

あの耳鳴り、あの不思議な声は、きっと、ソウェイルにも聞こえていた。彼の蒼い瞳はすべてを見通している。

「行こ。こっち」

ソウェイルが駆け出した。ユングヴィとフェイフューがそれぞれ「ソウェイル⁉」

「兄さま⁉」と大きな声を出したが、ソウェイルは振り向かなかった。

ラームテインは彼の後に続いた。行かなければならないと感じていた。

『蒼き太陽』はきっとすべてを知っているのだ。

たどりついた先は蒼宮殿の南の棟の中央にある大講堂の脇の小部屋だった。大講堂にはニマーに連れられて何度か来たことがあったが、その隣にある部屋に入れたのはこれが初めてだった。

静謐な部屋の中、ソウェイルは正面の壁に向かってまっすぐ走っていった。

正面に祭壇がしつらえられていた。

そしてその上、壁に取り付けられた金具の上に、一本だけ、剣が安置されていた。紫の鞘と柄をもつ剣だ。鞘に無数のアメジストに似た輝石が埋め込まれており、全体的に妖しい輝きを放っている。見ていると吸い込まれそうだ。

ラームテインはまた声を聞いた。

――さあ僕を手に取りなさい、僕のラームテイン。

自分を呼んでいるのはこの剣だ。

ソウェイルが祭壇に手をかけ、無遠慮によじ登り始めた。後ろについてきたユングヴィが「こら！」と怒鳴ったが、ソウェイルは意に介さず祭壇の上に立ち上がって剣に手を伸ばした。

　ソウェイルの手が、剣をつかんだ。

　そして振り向き、ラームテインの前に突き出した。

「呼んでる」

　蒼い瞳がラームテインを見つめる。

「神剣があんたを呼んでる」

　紫の神剣だ。

　長らく空位であった、参謀部隊の長、アルヤ王国の知と智の最高峰である紫将軍のための剣だ。

　その剣を、『蒼き太陽』が自分に、差し出している。

「早く抜いてやって。楽にしてやって」

　ソウェイルが言う。

「紫が、十六年間待ってた、って。次の主として、あんたを待ってた、って言ってる」

　そして、迷いなく告げた。

「神剣が、ラームテインを、待ってる」

　神の御業なのだ。

　逆らえない。

震える手を伸ばした。

紫の鞘をつかんだ。

武芸の類には一切携わってこなかった。けれどラームテインにはどうしたらこの剣を抜けるのか見えた。

剣を水平に掲げた。不思議と重くなかった。

柄をつかんだ。水平に引いた。

鞘から現れた刃が、日の光を弾いて紫色に輝いた。

――初めまして、僕のラームテイン。

それを最後に、神剣は、もう、何も言わなくなった。満足したのだろうか。

「おめでとー」

ソウェイルが手を叩いた。

「よかった。紫が最近ずっとそわそわしてたの、これで収まる」

後ろからユングヴィの声がした。

「神剣を抜いたの」

声をたどって振り向くと、ユングヴィも目を丸くしていた。

「おめでとうございます！　紫将軍のたんじょうですね！」

ユングヴィのさらにその後ろを追い掛けてきていたフェイフューは、嬉しそうな顔をしていた。

「紫将軍……」

目を落とす。剣の刃を見つめる。紫の刃が妖しい輝きを放っている。

自分は、神剣を、抜いたのだ。

「僕が……将軍……？」

それは、アルヤ王国を守る軍神のことであり、最高神官のことでもある。

自分が軍神——実感がまったく湧かない。

けれど手元にある剣は確かに刃を見せている。紫色だ。常識では考えられない、アメジストでできているかのような刃だ。

「神剣の声を聞いてたんだね」

ユングヴィが駆け寄ってくる。

「懐かしい……！　今自分の時のことを思い出したよ、もう五年も前のことだからぜんぜん忘れてた。きっと地下道でも呼ぶ声が聞こえてたんだね。もっと早く気づいてあげればよかった、ごめんね」

ユングヴィの手が伸びた。ラームテインの手をつかんだ。その体温に触れた途端ラームテインは目が覚めた気がした。

「私に弟が増えたんだ。嬉しい」

「十神剣はみんな兄弟なんだよ。私たちは十人兄弟なんだ。私は頼りないお姉ちゃんかもだけど、仲良くしてくれたらとっても嬉しい」

「おとうと?」

また新たな声が聞こえてきた。

「何事だ騒々しい」

後方、自分たちも入ってきた出入り口のほうに目を向けると、二人の男が入ってくるところだった。

一人はアルヤ国の武官の衣装を着て蒼い大剣を佩いた青年だ。蒼い神剣ということは、この青年が蒼将軍ナーヒドだろう。目元が涼しげで思っていたより美青年だ。

もう一人は、サータム人の民族衣装であるクーフィーヤをかぶった中年の男だ。興味津々の目でこちらを眺めて顎ひげを撫でている。この男が総督ウマルだ。

「またユングヴィか! この神聖な神剣の間で騒ぐな!」

「ナーヒド!」

怒鳴られても気にせず、ユングヴィが大きな明るい声で言った。

「この子神剣を抜いたんだけど!」

「はあ?」

ナーヒドが視線を落とす。

ラームテインの手元の紫に輝く刃を見る。

「ちょっと待て、この子はフェイフュー殿下がおっしゃっていた例の酒姫(サーキィ)ではないのか」

フェイフューが下から「そうです！」と大声で主張した。

ナーヒドが戸惑った様子でラームテインを眺める。ラームテインは慌てて神剣を鞘に納めた。

「ラームテインと申します」

「俺はナーヒドという。中央軍管区守護隊蒼軍の隊長、蒼将軍をしている者だ」

大股(おおまた)で歩み寄ってくる。

「こんなことがあるものなのか。俺は生まれた時から神剣の声を聞いていたから、こうして突然次の将軍が生まれるとどんな反応をしたらいいのかわからんな」

ユングヴィが声を引っ繰り返して「えっ、生まれた時から？」と言った。ナーヒドが「俺は二世将軍だぞ」と眉間(みけん)にしわを寄せた。

「うっそ、神剣(みつるぎ)の声ってある日突然頭にぎゃーっと入ってくるものなんじゃないの？」

「聖なる御剣にこう言ってはなんだが、赤い神剣はお前同様品がないのかもしらんな。俺にとっての神剣は父であり兄であったが、お前の神剣はそうではないと見たぞ。だからお前のような無教養な女を選んだのかもしれん」

「なんでナーヒドはすぐそういうこと言うのかなあ」

ラームテインを見つめて、ナーヒドが問うてくる。

「なぜ急にこんなことに」

ユングヴィが答える。

「私にもよくわかんなくて。ソウェイルがいきなり――ソウェイル？」

ユングヴィとナーヒドの視線がソウェイルのほうに動いた。

ソウェイルはちょうど祭壇から飛び降りて絨毯(じゅうたん)に着地したところだった。それから、白い指先で、ラームテインの神剣の柄(つか)を撫でた。

「紫の剣が、ラームをすごく気に入った、って。可愛いって。ずっと一緒にやっていけそうで嬉しいって言ってる――のに、わからない……？」

そこで「ほう」と感嘆の息を漏らしたのはウマルだ。

「このようなことがあるものなのだね。アルヤ人は不思議がいっぱいだ。それもこれもすべて『蒼き太陽』のお導き、ということなのかな？」

目を細めて微笑む。

「ウマル総督」

「いやあ、残念だ。せっかくのアルヤ人の美少年が、これではますます手を出しにくくなる」

フェイフューが駆け出てきた。ラームテインの前でウマルに相対する形で仁王立ちになった。そんなフェイフューを見て、ウマルは声を上げて笑った。

「冗談だ、冗談」

そして、ナーヒドの肩を叩いた。ナーヒドが極限まで嫌そうな顔をした。

「実はだね、彼に引き取ってもらえないか相談していたところなのだ」

フェイフューが「どういうことです」と問いかける。ウマルが「いやね」と説明する。

「いくら総督といえどそんなにものすごい権限があるわけではないのだよ。美少年を囲ったと知れてアルヤ人たちの恨みを買うのは本意ではないし、最悪本国から召還命令が下るかもしれない」

「それで、ラームをナーヒドに引きわたす、と？」

「聞けば彼は独り身でフェイフューがここに移ってから屋敷が寂しいと言うからね」

ナーヒドがすかさず「そこまでは言っていない」と口を挟んだ。ウマルは無視した。

「アルヤ人はアルヤ人同士のほうが安心だろう？　十四歳の可愛い子ちゃんを泣かせて楽しむ趣味は私にはないのだ」

フェイフューは眉間にしわを寄せた。

「ナーヒドが酒姫(サーキイ)を置くのですか」

ナーヒドは「まさか」と答えた。

「だがうちが広いのは本当のことにござれば、書生の一人や二人いてもよいかと存じた」

フェイフューが笑みを浮かべたところで、「だが」と続ける。

「紫将軍となれば話は別。紫軍の宿舎に新しい部屋を設けて、それなりの待遇で迎えなければならぬ」

「紫軍の宿舎？」

ユングヴィが扉の外を指差した。

「蒼宮殿の敷地内の、アルヤ軍で一番お金かかってる建物」

彼女がそう言うと、ナーヒドが「下品な言い方をするな」と怒鳴った。

紫軍の宿舎に新しい部屋を設ける、その上それなりの待遇で迎える、それも蒼宮殿の敷地内に、ということは——

「僕は、もう、酒姫はしなくてもいい、ということでしょうか」

ユングヴィとナーヒドの声が重なった。

「当たり前だ」

ウマルがまた声を上げて笑う。

「おめでとう」.

視界がぼやけるのを感じた。

「今は祝いの言葉を述べさせていただこう。未来ある少年の前途が明るいものであるのは良いことだ。今宵は祝杯を挙げようではないか。もちろん君が酒を注ぐことはない、君が酒を注がれる側となるのだ」

「僕――」

「いやあ、仕方がないね。十神剣が十人揃うのは我が帝国にとって脅威だが、君たちにとっては喜ばしい話だろう。私も今ばかりはともに喜ぼう。君たちアルヤの神のなされる御業に敬意を表してともに葡萄酒を味わおう」

ユングヴィがはしゃいで手を叩いた。

「ようこそ蒼宮殿へ！　これからはどうぞよろしくね」

「わー、べっぴんさん！　十神剣にまたとんでもないべっぴんさんが来たぞ」

そんな能天気な声を上げたのは、ユングヴィが紹介すると言って連れてきた男だ。明るい茶色を基調として、何で色を抜いたのかところどころ金色の房のある、手入れされた感じのない髪の男である。だらしなく着崩された服装といい、まばらに生えた無精ひげといい、全体的に汚らしい。笑顔だけは人懐こいのが逆に胡散臭く見えた。

「べっぴんさんべっぴんさん！　きれいな人がふえてカノうれしいー」

続いて明るく甲高い声を上げたのは、その男の左手に小さな右手を握り締められている少女だ。年の頃はまだ十歳に満たないくらいであろうか。頭に布を巻いておらず、短めに整えられた黒い癖毛の髪を晒している。肌の色が浅黒い。ひょっとしたらアルヤ人ではないのかもしれない。

「紹介するよ。こっちが黄将軍バハル」

「東部軍管区守護隊隊長、黄将軍バハルでっす！　三十歳独身、可愛い子大好き。よろしくな！」

「適当にあしらっといていいよ」

「なんだよユングヴィ、冷てえじゃねーか！」

「こっちは橙将軍カノ」

「やほー、カノちゃんだよ。カノはね、王子さまたちとおんなじ九歳だよ。やさしくしてね！」

「一応南部軍管区守護隊隊長。まあ実際に橙軍を仕切ってるのは副長だけどね」

「カノもきれいなお兄さんだーいすきだけど、大人になったらフェイフューとケッコンするからダメだよ」

「何がダメなのかよくわかんないけど、そういうことらしいよ。適当に優しくしてあげてね」

ラームテインは呆れて自分のこめかみを押さえた。話には聞いていたが、まさかアルヤ王国の軍神たる十神剣の面々が本当にこのような調子だとは思っていなかったのだ。せめてもう少し恰好つけたものだと思い込んでいた――否、信じていたかった。

「今なんでこんなのが将軍なんだって思っただろ」

バハルにそう言われた。まさかそうだとはさすがに言えなかった。

「しょうがないだろ、神剣が抜けちゃったんだから。俺が将軍やってるの、俺が一番びっくりしてるわ。なんだかんだ言って黄金の神剣を抜いてからもうかれこれ八年も将軍やってんのよ、いつの間にか古株になっちゃってたわ」

「八年……ですか」

「しかももともとは西部の農民出身で、食うに困って西部軍管区守護隊の翠軍に入隊したのよ。なんで西部生まれ西部育ちで東部の隊長なのって思うでしょ？　俺が一番わかってないから」

カノが「カノも、カノも」と無邪気に笑う。

「カノはねえ、お父さんが橙将軍だったの。でね、お父さんが三年前の戦争で死んじゃったから、なんとなーく神剣の声が聞こえたカノがついだの。そのお父さんもね、もともとはラクータ人で、アルヤ王国にはなーんにも関係のない出稼ぎ料理人だったんだって」

「――とまあ、こんな感じだから、十神剣と一緒にいる時は気を遣わないほうがいいよ。もうほんと、みんな基本的にこんなノリだと思ってくれれば」

ナーヒドが怒鳴り散らすのにも合点がいくというものだ。

しかし、ふと、ラームテインは噴き出した。

「十神剣にはいろいろな方がいらっしゃるんですね」

「そりゃあね、私ももともとは路上生活のみなしごだったし、最初から軍人として教育を受けてたのってナーヒドとテイムルだけだから」

「よかった。元酒姫(サーキイ)の僕が浮いてしまうのではないかと心配していました」

「上等やないの」

後ろから声が聞こえてきたので、振り向いた。

そこに、美しい少年が立っていた。

彫りの深い二重まぶたに、通った鼻筋、薄紅色の唇をしている。ざんばらに切られた明るい色の髪もまっすぐで艶(つや)やかだ。裾(すそ)広がりの袴(はかま)の上に丈の長いベストを着て、大きな肩掛けを羽織るようにかけている。男性とも女性ともいえない変わった服装だった。

大きな緑松石(ターコイズ)の耳飾りが、日の光を弾(はじ)いて輝いている。

「わっ、エルだ！　久しぶり！」

「やっとこれたんだ！　おかえり。長い旅路だったね」

「もう、ほんまやわ。一週間で来いっていう手紙が急に送られてくるし、冷静に読み返したら二日後の話やったし、本気でどうしようかと思ったわ。俺の苦労もちょっとは考えてほしい」

近づいてくる。

「どうも、お待たせ。俺は西部軍管区守護隊隊長、翠将軍エルナーズ。十七歳。よろしゅうおたのもうします」

みだらな花の甘い香りが漂う。

「俺からしたら初めての弟やわ。あんたが来るまで将軍になった順番で考えたら俺が末っ子という扱いやったんやで」

そして、その唇の端を妖艶(ようえん)に持ち上げる。

「酒姫(サーキイ)なんか俺からしたら貴族みたいなもんや、自慢してええ経歴やで。酒姫(サーキイ)やったらエスファーナの表舞台でできる仕事の大抵はこなせそうなんとちがう？」

丁寧に磨かれた爪のついている白く細い指先が、彼自身の顎(あご)を撫(な)でた。

「俺はもともと西部の州都で陰間(かげま)やってたてん。今は将軍になってもうて休業中やけどね」

同じ身を売る職業でも、酒姫（サーキイ）は目の前の主人だけに仕える仕事だ。金で相手を変える男娼（だんしょう）とはまったく違う。

エルナーズが身にまとう色香は、貴族と同じ生活をしている酒姫（サーキイ）たちよりずっと、不健康で艶（なま）めいていた。

「笑（わろ）うてまうわ。昔は俺を抱いていた男たちが今はみんな俺の部下なん。俺を軍神だ何だと言（ゆ）うてみんなひざまずいてる。愉快やわ」

「エルは性格悪いな」

「俺はユングヴィもなかなかのツワモノやと思うけど」

エルナーズは涼しい顔で受け流した。

「将軍になってしもたらこっちのもんやで。酒姫（サーキイ）でも陰間でも関係あらへん。神剣を抜くっちゅうのはねえ、この国ではそういうことなんや」

大きく息を吐いた。

元酒姫（サーキイ）という身の上にこだわっていた自分が馬鹿みたいだ。ここにはもっと苛酷（かこく）な運命に翻弄（ほんろう）されながらしたたかに生きてきた人がいる。自分の過去にこれ以上拘泥することはない。

自分はここで、一からやり直すのだ。

新しい自分になる。

「ところで、北はどこいはる？」

エルナーズが訊ねてきた。ユングヴィが答えた。

「昨日向こうを出発したっていう手紙が届いたってテイムルが言ってた。あと二、三日かなあ。地方部隊で一番近場の北が一番時間かかってるって、なんだかなあ、だよね」

「サヴァシュは？」

「サヴァシュは……、ええっと、サヴァシュ……どこに行ったんだろうね？」

「いないの？」

「うん、なんか、消えちゃったの」

一瞬、全員が沈黙して顔を見合わせた。

「怒り狂うナーヒドとテイムルが目に浮かぶんですけど」

「安心と信頼のサヴァシュ大先生だな。いいぞいいぞ、俺はそういうの好きだね」

ユングヴィが咳払いをする。

「こんな感じでみんな適当にやってるから、ラームも適当でいいんだからね」

「はい……」

ウマルが執務室でサータム帝国本国から届けられた皇帝からの説教の手紙に頭を抱えていたところ、廊下側から声を掛けられた。どうやらお客人らしい。気分転換の相手が向こうから来てくれたということだ。うきうきする気持ちを隠さず、明るく「お入り」と答えた。

＊　＊　＊

蒼い髪の小さなお客人が部屋に入ってくる。大きな蒼い瞳できょろきょろと部屋の中を見回す。

さほど広くない部屋だが、成人男性の身長くらいの大きさのある窓が南の回廊側に四つもあるので、明るく広々として感じられる。蒼い絨毯が敷かれ、窓とは反対側の壁にも蒼地に金の太陽の刺繍の施された織物が掛けられている。そして、大きな文机と座椅子がある。文机は螺鈿の装飾があり、座椅子には王者にふさわしく金箔が貼られサファイアが埋め込まれていた。

ウマルは、もともとは武官で帝国軍に複数いる指揮官のうちのひとりだったが、今はこの部屋の主として仕事をしている。

ここに来るまでいろんなことがあった。

一番大変だったのは、アルヤ人たちではなく、サータム人たちのほうの反発だった。帝国では世論が割れていて、アルヤ人を屈服させたい人々とアルヤ人と融和したい人々が絶え間なく争っている。そのうち、国家間の摩擦に疲弊して過激な思想を持つに至った人々は、アルヤ王国の完全な消滅を望んでいる。

ウマルは、エスファーナ攻めに参加しながらも、途中で他の指揮官たちのやりすぎを諌めた。

豊かな水、美しい文化財、朗らかで社交的な人々——この国を愛している。だからこそエスファーナに残って総督という務めを拝受した。

「こっちにおいで、蒼いおちびちゃん」

手招くと、ソウェイルはおそるおそる近寄ってきた。文机の前、ウマルの真正面に座ろうとする。ウマルは「もっと」と言って自分の隣を叩いた。そして、腕を伸ばし、背後の座布団を取り、座椅子の隣に敷いた。ソウェイルは一瞬だけ固まったが、素直にウマルの隣に座った。

「今日はどうしたのかね」

大きな蒼い瞳がウマルを見上げる。

この子は弟に比べると感情の表出が穏やかだ。たまに何を考えているかわからない時もある。けれど、こうして自分から遊びに来ては隣に座るところを見ていると、愛嬌(きょう)はあるように感じる。

「おじさん、ラームのこと、ありがとう」

ソウェイルの肩を抱いた。彼は抵抗しなかった。

「フェイフュー、よろこんでた」

「それを君が言いに来たのかね。二人とも立派に育てると決めた以上は、フェイフューにもありがとうとごめんなさいを言えるようしつけねばなるまい」

「あんまりきびしく言うとまたおじさんがきらわれてしまう」

「なんの、私などアルヤ人に嫌われるためにいるようなものだ」

ソウェイルの腕を撫でるように叩く。

「アルヤ人は知らなくていいのだ。私の苦労など」

大きな蒼い瞳が、ウマルを見つめていた。

「なあ、おじさん」

「何かね」

「おじさんはさ、ほんとにおれとフェイフューがころし合えばいいと思ってる？　おれにはおじさんはそんないじわるな人に見えないけど、どうしてそういうこわいことを言ったんだ？」

ソウェイルの穏やかな声での質問を聞いて、ふと、息を漏らした。

「いいかね、ソウェイル。玉座はひとつしかない。王はひとりでなければならないのだ。最後に物事を決定するのはひとりでなければならない。誰かが決め、その責任を負う。それはたったひとりで行うべきなのだ」

「サータム帝国でもそうなのか？」

「そうだとも。実は、昔々にはそうでなかった時代もあった。たくさんの人で話し合いながら決めてきた時代があったのだ。しかしそのせいでかえって揉めた。みんながみんな自分の利益になることばかりを考えて、騙し合い、そして殺し合った。仲裁する人が必要になった。強大な力で断を下す代表者が」

「フェイフューをころさなくても、おれがひとりでりっぱな王さまになればだいじょうぶじゃない？」

「君がどんなに立派な王様になっても、フェイフューが生きている限りは揉めるのだよ。フェイフューを王様にしたほうが利益を得られる人間が、彼を担ぎ上げて争わせる。望むと望まざるとにかかわらず、人格の善し悪しにもかかわらず、生きているだけで揉め事の種になる存在は絶対にいる」

　そして、皇帝自身も同じことで苦しんできた。皇帝は即位した時六人の弟を皆殺しにしたが泣いていたし、今も三人いる息子の将来を思って深く悩んでいる。

　だが王にならなかった王子が生きている限り平穏は訪れない。

いよいよ内乱となって国が取り返しのつかないことになる前に——よその国につけ込まれる前に、決着をつけねばならない。それが、国を守るということだ。

アルヤ国を滅ぼさないためには、どちらかを王位継承争いから消さなければならない。

本書はＷＥＢ小説サイト「カクヨム」に発表された「蒼き太陽の詩」を加筆・修正し、一部タイトルを変更のうえ文庫化したものです。

蒼(あお)き太陽(たいよう)の詩(うた) 1
アルヤ王国宮廷物語(おうこくきゅうていものがたり)

日崎(ひざき)アユム

令和5年 5月25日 初版発行

発行者●山下直久

発行●株式会社KADOKAWA
〒102-8177 東京都千代田区富士見2-13-3
電話 0570-002-301(ナビダイヤル)

角川文庫 23656

印刷所●株式会社暁印刷
製本所●本間製本株式会社

表紙画●和田三造

ISBN 978-4-04-113560-0 C0193

◇◇◇

角川文庫発刊に際して

角川源義

第二次世界大戦の敗北は、軍事力の敗北であった以上に、私たちの若い文化力の敗退であった。私たちの文化が戦争に対して如何に無力であり、単なるあだ花に過ぎなかったかを、私たちは身を以て体験し痛感した。西洋近代文化の摂取にとって、明治以後八十年の歳月は決して短かすぎたとは言えない。にもかかわらず、近代文化の伝統を確立し、自由な批判と柔軟な良識に富む文化層として自らを形成することに私たちは失敗して来た。そしてこれは、各層への文化の普及滲透を任務とする出版人の責任でもあった。

一九四五年以来、私たちは再び振出しに戻り、第一歩から踏み出すことを余儀なくされた。これは大きな不幸ではあるが、反面、これまでの混沌・未熟・歪曲の中にあった我が国の文化に秩序と確たる基礎を齎らすためには絶好の機会でもある。角川書店は、このような祖国の文化的危機にあたり、微力をも顧みず再建の礎石たるべき抱負と決意とをもって出発したが、ここに創立以来の念願を果すべく角川文庫を発刊する。これまで刊行されたあらゆる全集叢書文庫類の長所と短所とを検討し、古今東西の不朽の典籍を、良心的編集のもとに、廉価に、そして書架にふさわしい美本として、多くのひとびとに提供しようとする。しかし私たちは徒らに百科全書的な知識のジレッタントを作ることを目的とせず、あくまで祖国の文化に秩序と再建への道を示し、この文庫を角川書店の栄ある事業として、今後永久に継続発展せしめ、学芸と教養との殿堂として大成せんことを期したい。多くの読書子の愛情ある忠言と支持とによって、この希望と抱負とを完遂せしめられんことを願う。

一九四九年五月三日

角川文庫ベストセラー

鹿の王 1　上橋菜穂子

故郷を守るため死兵となった戦士団〈独角〉。その頭だったヴァンはある夜、囚われていた岩塩鉱で不気味な犬たちに襲われる。襲撃から生き延びた幼い少女と共に逃亡するヴァンだが!?

鹿の王 2　上橋菜穂子

滅亡した王国の末裔である医術師ホッサルは謎の病を治すべく奔走していた。征服民だけが罹ると噂される病の治療法が見つからず焦りが募る中、同じ病に罹りながらも生き残った囚人の男がいることを知り!?

鹿の王 3　上橋菜穂子

攫われたユナを追い、火馬の民の族長・オーファンのもとに辿り着いたヴァン。オーファンは移住民に奪われた故郷を取り戻すという妄執に囚われていた。一方、岩塩鉱で生き残った男を追うホッサルは……!?

鹿の王 4　上橋菜穂子

ついに生き残った男——ヴァンと対面したホッサルは、病のある秘密に気づく。一方、火馬の民のオーファンは故郷を取り戻すために最後の勝負を仕掛けていた。生命を巡る壮大な冒険小説、完結!

鹿の王　水底の橋　上橋菜穂子

真那の姪を診るために恋人のミラルと清心教医術の発祥の地・安房那領を訪れた天才医術師・ホッサル。しかし思いがけぬ成り行きから、東乎瑠帝国の次期皇帝を巡る争いに巻き込まれてしまい……!?

角川文庫ベストセラー

後宮に月は満ちる
金椛国春秋
篠原悠希

男子禁制の後宮で、女装して女官を務める遊圭。表向きの命は、皇太后の娘で引きこもりのぽっちゃり姫・麗華の健康回復。けれど麗華はとんでもない難敵！　後宮の陰謀を探るという密命も課せられた遊圭は……。

後宮に日輪は蝕す
金椛国春秋
篠原悠希

皇太后の陰謀を食い止めた功績を買われ、女装で後宮潜入中の少年・遊圭は、皇帝の妃嬪候補に選ばれることに。それは無理！　と焦る遊圭だが、滞在中の養生院で、原因不明の火災に巻き込まれ……。

幻宮は漠野（ばくや）に誘（いざな）う
金椛国春秋
篠原悠希

皇帝の代替わりの際、殉死した一族の生き残り・遊圭は、女装で後宮を生き延び、知恵と機転で法を廃止させ、晴れて男子として生きることに。のはずが、またもや女装で異国の宮廷に潜入することとなり……。

青春は探花を志す
金椛国春秋
篠原悠希

現皇帝の義理の甥として、平穏な日常を取り戻した遊圭。しかしほのかに想いを寄せる明々が、国士太学に通う御曹司に嫌がらせを受けていると知り、彼と同等の立場になるため、難関試験の突破を目指すが……。

湖宮は黄砂に微睡（まどろ）む
金椛国春秋
篠原悠希

罪を犯した友人を救おうとした咎で、辺境の地に飛ばされた遊圭。先輩役人たちの嫌がらせにも負けず頑張るけれど、帰還した兵士から、公主の麗華が死の砂漠にある伝説の郷に逃げ延びたらしいと聞き……。